27077

NARCISSE

DANS L'ISLE

DE VÉNUS.

NARCISSE
DANS L'ISLE
DE VENUS
POËME
en IV Chants.
A PARIS Chez
Chaignieau aîné
Imprimeur Libraire
1797.

Eisen . inv.   L. Duval. Sc.

PRÉFACE

DES

ÉDITEURS.

L'AUTEUR du poème de NARCISSE était occupé à faire imprimer cet ouvrage, lorsqu'il a été attaqué de la maladie qui vient de nous l'enlever. Les personnes qui donnent cette édition à sa place, ont cru devoir au public et à sa mémoire d'y ajouter une pièce détachée qu'on a trouvée parmi ses papiers. Ces essais d'un homme né pour l'immortalité serviront en quelque sorte à consoler de sa perte, et seront plus que suffisans pour donner une idée de toute l'étendue de son génie.

Ceux qui ne connaîtront MALFILATRE que par ses ouvrages, seront bien éloignés encore de sentir combien il était digne d'estime, et combien il est digne de regrets : il fallait le voir de près pour être à portée de le juger. Peu de gens ont eu ce bonheur : accablé toute sa vie d'infortunes, il aimait à ensevelir dans la retraite ses peines et ses chagrins, et craignait toujours qu'ils ne fussent importuns à ceux qui en auraient été les témoins. Les amis qu'il admettait dans cette solitude ont seuls connu sa belle ame, supérieure à son génie, et ses qualités admirables, qu'il est si rare de concilier avec les talens, et qui sont cependant si propres à les relever, et même à les perfectionner. Ses vertus, qui auraient mérité le sort le plus heureux, ont été la source des malheurs qui ont rempli sa vie d'amertume : simple, généreux, aussi éloigné de soupçonner dans les autres un défaut de droiture et de probité, qu'incapable d'en manquer lui-même, il donnait aveuglément sa confiance, se livrait à tous les conseils, rendait des services à tous ceux à qui il pouvait être de quelque utilité; et ne consultant jamais le misérable état de sa fortune, il n'écoutait que son cœur et sa bienfaisance naturelle. C'est ainsi que, se refusant tout à lui-même, et se tenant toujours au-dessous de la médiocrité, il a éprouvé les revers qu'entraînent ordinairement la prodigalité et la dissipation. Ceux même qui se trouvaient les plus autorisés à désapprouver sa conduite, ne pouvaient s'empêcher d'en respecter les

1.

motifs, et d'admirer en lui la vertu la
plus pure et la plus malheureuse. Son
caractère était comparable à celui de *la
Fontaine :* aussi crédule, aussi naïf, aussi
enfant que ce grand homme, il unissait,
comme lui, le génie à la simplicité; et
peut-être serait-il parvenu à la même su-
périorité, si les circonstances lui avaient
été aussi favorables.

Et qu'on ne croie pas que l'amitié nous
aveugle dans le témoignage que nous lui
rendons. Il sera difficile de lire ses ouvrages sans y reconnaître son ame : ils
en portent l'empreinte; et l'on sait que
si le génie est parvenu quelquefois à
imiter les sentimens et la vertu, jamais
il n'a su contrefaire la simplicité et le
naturel, dont le secret n'est que dans
les cœurs simples et naïfs. D'ailleurs,

MALFILATRE n'a pas toujours été in-
connu : plusieurs hommes célèbres qui
l'honoraient de leur estime, applaudi-
ront certainement à la justice qu'on lui
rend aujourd'hui.

Tel était l'homme aimable et infortuné dont le public va recueillir l'unique
héritage, et qui, condamné toute sa vie
à l'obscurité, ne devait obtenir qu'après
sa mort la gloire qui lui était si justement
due. On ne doute pas que ce poème ne
soit reçu avec applaudissement. L'ode
qu'on y a jointe est déja connue avan-
tageusement : on l'avait insérée dans
l'*Élite des Poésies fugitives ;* et c'était
certainement une des meilleures de ce
recueil.

Le poème de NARCISSE doit sur-tout
avoir un grand succès : on y reconnaît

par-tout un naturel charmant, une
poésie facile et harmonieuse, une touche
forte et légère, un art infini de se plier
à tous les tons, une liaison admirable et
simple dans les récits; enfin tout ce qui
constitue un beau poème. Nous osons
dire que le sien peut être proposé comme
un modèle de goût, et qu'il est en ce
genre peu d'ouvrages dans notre langue
qu'on puisse lui comparer. Cependant il
ne le regardait que comme un essai dont
il faisait même peu de cas, mais dont le
public jugera différemment. Son inten-
tion était de travailler à un grand poème
épique : il en avait déja choisi le sujet, et
esquissé le plan. Quel dommage qu'il ne
l'ait point exécuté! Ses amis, qui ne lui en
ont entendu parler que légèrement, ne
sont pas en état d'en rendre compte : ils

savent seulement que c'est LA DÉCOU-
VERTE DU NOUVEAU MONDE, qu'il se
proposait de célébrer.

MALFILATRE avait aussi l'ambition de
courir la carrière du théâtre : quelques
morceaux excellens répandus dans une
tragédie qui ne porte point son nom,
sont une preuve des succès qu'il pouvait
s'y promettre. Ses talens prodigieux et
rares n'étaient pas seulement un don de
la nature : il les devait en partie à la lec-
ture des anciens, dont il se nourrissait
tous les jours, et sur-tout à celle de *Virgile*,
dont il avait fait une étude particulière.
Il avait même traduit en vers les endroits
les plus intéressans de ce poète. On ne
craint pas d'avancer qu'il est dans cette
traduction souvent égal à l'original ; il
était peut-être le seul homme en état

de nous rendre *Virgile* avec toutes ses beautés. Nous souhaitons ardemment que les gens de lettres qui ont entre les mains les différens morceaux de sa traduction, mettent bientôt le public dans le cas de justifier notre jugement (1).

Jacques-Charles-Louis MALFILATRE était né à Caen d'une famille honnête le 8 octobre 1733. Il avait fait avec distinction ses études en cette ville chez les RR. PP. Jésuites, et montré pendant sa jeunesse le germe des talens qu'il a déve-

(1) La traduction dont il s'agit ici est celle des *Géorgiques* de Virgile. Clément, dans ses *Observations critiques*, Genève, 1771, *in-8°*, et Palissot, dans le *Journal Français*, en ont publié différens morceaux, qui péchent quelquefois par trop d'abondance, mais qui respirent la verve et la chaleur du vrai poète.

loppés dans un âge plus avancé, et qu'il aurait portés au plus haut degré de perfection, s'il eût vécu plus long-temps et plus heureux. Il est mort à Paris le 6 mars 1767, après avoir souffert avec courage les douleurs les plus longues et les opérations les plus cruelles. Les sentimens de religion qu'il avait toujours montrés pendant le cours de sa vie, se sont réveillés avec plus de force dans ses derniers momens. Prêt à lui faire le sacrifice de sa vie, il aurait encore desiré lui faire celui de ses ouvrages; il avait même exigé de ses amis de ne pas les laisser paraître après lui : mais nous ne nous croyons pas obligés à remplir un engagement qu'une conscience trop délicate lui avait fait contracter. Le poème de NARCISSE, qui seul pourrait être accusé de renfermer quelques libertés, nous a paru plutôt une leçon de bonnes mœurs qu'un ouvrage répréhensible; la volupté y est toujours représentée pure et innocente : et qu'y a-t-il de plus propre à corriger du vice que la peinture de l'amour vertueux?

Multis ille bonis flebilis occidit,
Nulli flebilior quàm mihi.

NARCISSE.

St Aubin.   L. Duval. Sc.

NARCISSE

DANS L'ISLE

DE VÉNUS.

CHANT PREMIER.

Pourquoi faut-il qu'au lieu de ces délices
Qu'on nous promet dans l'empire amoureux,
Nous y trouvions, près des ris et des jeux,
Les faux soupçons suivis des injustices,
La jalousie et ses tourmens honteux,
Les vains sermens, le dégoût, les caprices,
Et que l'Amour soit un dieu dangereux !
Que dis-je ? Hélas ! c'est le meilleur des dieux ;
Il nous aimait, et par ses soins propices
Il ne voulait que prévenir nos vœux.
N'en doutez point, le bonheur suit ses feux.
Le siècle d'or coula sous ses auspices,
Le siècle d'or ne vit que des heureux.
Après ce temps, fait pour nos bons aïeux,
Bientôt l'Amour, exilé par nos vices,

Les yeux en pleurs, s'envola dans les cieux.

Mais, prêt à fuir au séjour du tonnerre,
Dans ses adieux il a maudit la terre :
Il a chez nous laissé pour successeurs
L'ambition qui cherche les honneurs,
Fait les époux, les unit sans tendresse,
Et l'intérêt qui trafique des cœurs,
Et la débauche (1) hideuse en son ivresse,
Monstre impudent qui foule aux pieds les mœurs.

Et l'on se plaint, en suivant de tels guides,
Que les plaisirs s'échappent de nos mains !
Vous n'aimez point, trop aveugles humains :
Le sentiment fait les plaisirs solides.
Vous n'aimez point : vos conducteurs perfides
Du vrai bonheur ignorent les chemins.
Pleurez, ingrats, gémissez dans vos chaines ;
Mais à l'Amour n'imputez point vos peines.
Depuis qu'aux cieux l'Amour est retenu,
De son beau nom vous abusez encore ;
Et parmi vous le maitre que j'adore
Est blasphémé sans vous être connu.

(1) Voyez la dernière note de cet ouvrage.

On voit à peine, en ce séjour funeste,
Quelques amans blessés d'un trait doré,
Dont les cœurs purs savent du feu sacré
Entretenir la semence céleste.

CYPRIS, un jour, l'indulgente Cypris(1),
Voulant enfin nous ramener son fils,
Lui prépara chez un peuple fidèle
Un nouveau temple, unique en l'univers,
Inaccessible aux regards des pervers.
Le dieu des eaux, prié par l'immortelle,
De son trident frappa le fond des mers,
Et sous ses mains vit une isle nouvelle
Naître à l'instant au sein des flots amers.

Vénus, dit-on, par son pouvoir suprème,
Dans ce désert transporta mille essaims
D'adolescens qu'elle avait elle-même,
Dès le berceau, nourris pour ses desseins.
Garçons y mit, qui sortent de l'enfance,
Lestes, brillans, enjoués, faits au tour,
Et dans un âge où, croissant chaque jour

(1) Surnom de Vénus.

2 .

En force, en grace, ils donnent l'espérance
D'être bientôt les prêtres de l'Amour.
Filles y mit, dont le printemps commence,
Fraiches beautés, à l'air piquant et doux,
Au minois fin, à l'œil plein d'innocence,
Déja portant d'inévitables coups ;
Dont le port noble, élégant, plein d'aisance,
La taille libre, et les jeunes trésors
S'arrondissant, saillant sur un beau corps,
Du temps d'aimer annoncent la naissance ;
Dont le cœur vif, encor dans l'ignorance,
Novice encor, mais fait pour le desir,
Va, tendre Amour, ému par ta présence,
S'ouvrir bientôt à l'instinct du plaisir,
Comme la rose au souffle du zéphyr.

A son autel, cette heureuse jeunesse
Va tous les jours adorer la déesse ;
Et tous les jours la déesse pour eux
Quitte le ciel, et vient dans ces beaux lieux.
Lieux enchantés ! Que ne puis-je moi-même
Y vivre en paix auprès de ce que j'aime !

Là, les étés n'embrasent point les airs,

On n'y craint point la rigueur des hivers :
Mais on y voit, assises sur un trône,
Flore et Cérès, à côté de Pomone.
Par leurs bienfaits, d'elle-même, en tout temps,
L'isle féconde à-la-fois se couronne
D'épis dorés, des fruits mûrs de l'automne,
Et de l'émail dont brille le printemps.

   Dons précieux que la terre fait naître
Pour enrichir ses jeunes habitans,
Vous suffisez pour les rendre contens ;
Ils sont heureux : pourraient-ils ne pas l'être ?
A leurs besoins ils bornent leurs desirs,
Mais sans chercher, au gré des vains caprices,
A se créer mille besoins factices :
Des vrais besoins naissent les vrais plaisirs.

   Occupé seul du soin de leur bel âge,
Tu les conduis, ô vénérable sage,
De qui le nom, fameux dans l'univers,
Fera bientôt l'ornement de ces vers,
Tirésias, aveugle octogénaire :
Toi, seul vieillard qu'on admit dans ces lieux,
De toute l'isle et l'oracle et le pere ;

NARCISSE,

Toi, dont l'esprit peut sonder le mystère
De l'avenir, caché souvent aux dieux;
Homme divin, c'est toi qui les éclaires,
Qui les instruis dans les arts nécessaires,
Ou qui plutôt, suivant de près leurs pas,
Vois d'elle-même agir leur industrie,
Sans le presser cultives leur génie,
Soutiens sa marche, et ne la forces pas.

Tu sais encore, aidé par l'harmonie,
Polir l'esprit, et, sans autres leçons,
Former le cœur de tes chers nourrissons.
Autour de toi, dans la verte prairie,
Vient se ranger leur troupe réunie,
Lorsque tu joins la douceur de tes chants
Aux airs du luth, aux sons de la guitare;
Lorsque tu peins, dans tes accords touchans,
Soit un lointain où l'œil charmé s'égare
Sur le mélange agréable et bizarre
Des monts, des rocs suspendus et penchans;
Soit les couleurs dont le matin se pare;
Ce qu'ont enfin d'attrayant ou de rare
Les bois, les eaux, les vergers et les champs.

Mais si ta voix, plus brillante et plus forte,
Chante Uranie (1) et les déserts semés
D'étoiles d'or et d'astres enflammés ;
Si, toute entière à l'ardeur qui l'emporte,
Plus haut encor, par-delà tous les cieux,
D'un vol hardi ta muse se transporte
Pour contempler la majesté des dieux ;
Alors, au bruit de tes accens rapides,
On quitte tout ; de tout autre plaisir
Pour t'écouter on perd le souvenir ;
Et le pêcheur sur ses rives humides,
Et le chasseur au fond de ses forêts,
Près de surprendre, ou les poissons avides,
Ou les chevreuils et les biches timides,
Frappés d'abord, enchantés et distraits,
Laissent tomber le filet ou les traits :
Chacun accourt ; chacun sent que son ame
Perce avec toi les palais éternels,
Et va se perdre au sein des immortels ;
Leur cœur ému pour la vertu s'enflamme
Et s'affermit dans l'amour du devoir :

(1) Muse qui préside à l'astronomie.

Tant l'harmonie a sur nous de pouvoir!
Tu vois ainsi, pures et fortunées,
D'un cours égal s'écouler leurs journées;
Et chaque soir, quand l'astre de Vénus
Fait luire au ciel sa paisible lumière,
Ils vont chercher une ombre hospitalière
Sous les ormeaux, sous les palmiers touffus,
Ou reposer dans des grottes tranquilles,
Sur le duvet de la mousse et des fleurs,
Lits sans apprêts, véritables asyles
Du doux sommeil et des songes flatteurs.

O peuple enfant, ô fils de la Nature,
Simples comme elle, unis par ses liens,
Pour qui son sein, comme une source pure,
Toujours ouvert, s'épanche sans mesure,
Jouissez tous, sans diviser ses biens.
O mes héros, cœurs faits pour la droiture,
Faits pour l'amour, la sagesse et la paix;
O vous, de qui n'approchèrent jamais
L'opinion, l'erreur, ni l'imposture,
Ni le desir de l'or ou des grandeurs,
Auteurs premiers du crime et des malheurs,

Conservez bien le sort que vous assure
Votre innocence ; et plaise aux dieux qu'il dure !
 Il eût duré sans un vice, un fléau
Dont les progrès devinrent plus funestes
Que ne le sont tous les fléaux célestes ;
Sans l'Amour-propre enfin, monstre nouveau,
Né dans cette isle, et né pour sa ruine, .
Qui, de l'Amour et rival et bourreau,
Au fond des cœurs le cherche et l'assassine.
A vous tracer sa fatale origine,
Faut-il, hélas ! employer mon pinceau ?
 C'est par vous seul, infortuné Narcisse (1),
Que cette terre, inaccessible au vice,
Connut enfin le mal contagieux
Qui fit par-tout des ravages horribles,
Et corrompit dans ces ames sensibles
De leurs vertus les germes précieux.
Vous, dont Vénus enrichit la jeunesse
De tous les dons qui captivent les cœurs,
Vous, le plus beau de ceux que sa tendresse

(1) Beau jeune homme. Il était fils de la nymphe
Liriope, et du Céphise, fleuve de la Grèce.

Avait choisis pour ses adorateurs,
Amant d'Écho , si long-temps chéri d'elle ,
Quel dieu vous fit oublier cette belle
Pour n'aimer plus que vos traits enchanteurs ?
Ce fut Junon. La déesse cruelle
Vous envoya cette fureur nouvelle
Qui pour vous-même alluma votre amour.
Par vous Junon transmit en un seul jour
A vos amis votre aveugle délire ,
Et de Vénus anéantit l'empire ,
En desséchant dans tous ses citoyens
Le sentiment qui formait leurs liens.

Mais de nos yeux éloignons-les encore ,
Ces maux affreux par ma muse annoncés :
Arrêtons-nous pour voir au moins éclore
Ces jours si beaux et sitôt éclipsés.

Vénus voulut, avant l'âge où l'on aime ,
Voir ses sujets , voir ces couples charmans ,
Couples futurs , déja s'unir d'eux-mêmes
Par le rapport des goûts, des sentimens.
Elle voulut que ces enfans aimables ,
Pour rendre un jour leurs chaînes plus durables ,

Fussent amis avant que d'être amans ;
Qu'en attendant les amoureuses flammes,
D'avance un sexe à l'autre fût lié ;
Qu'enfin l'amour, près d'entrer dans leurs ames,
En arrivant y trouvât l'amitié :
Car l'amitié, la confiance intime,
Nourrit l'amour, le soutient, le ranime,
Et rend ses feux plus touchans de moitié.
De leur concours, de leur souffle unanime,
Naît ce plaisir pur, délicat, sublime,
Plaisir cherché par mes vœux superflus,
Plaisir moqué des mortels corrompus.
Mais quoi ! l'amour n'est point connu du crime,
Puisque l'amour sans l'amitié n'est plus,
Que l'amitié se fonde sur l'estime,
Et que l'estime est fille des vertus.

Or des vertus la Nature est la mère.
Consultez-vous, et soyez mes témoins,
O mes lecteurs ; ou consultez du moins
Ces cœurs bien faits où la vertu sincère
Ne fut jamais une plante étrangère,
Et pour fleurir ne demande aucuns soins.

3

Aussi le dieu qu'à Paphos (1) on révère
Choisit leur isle, en fit son sanctuaire :
Ce dieu charmant, de la terre exilé,
Par la vertu chez eux fut rappelé.
Il attendit, pour s'y rendre auprès d'elle,
L'âge marqué, le vrai temps des amours,
Qu'il faut attendre, et qu'on prévient toujours.
Cet âge arrive, et la race mortelle
Revoit enfin le père des beaux jours
Après l'horreur d'une absence cruelle.
Il vient, il rit; il fait dans tous les cœurs
De son flambeau jaillir une étincelle,
Et tous les cœurs d'une flamme nouvelle
En même temps éprouvent les ardeurs.

Tout change alors, alors tous les yeux s'ouvrent :
Non sans rougeur, les deux sexes découvrent
Que l'amitié, qui les unit long-temps,
S'est transformée en d'autres sentimens.
Auprès d'Écho, l'heureux fils du Céphise (2)

(1) Paphos, ville de l'isle de Chypre. Vénus y était
adorée comme dans tout le reste de l'isle.

(2) Voyez la note de la page 23.

Sent des desirs qu'il n'avait pas connus.

La belle Écho, d'elle-même surprise,

Sent près de lui tous les feux de Vénus.

Le soir approche, et chaque amant s'apprête

A demander, par ses brûlans soupirs,

Le doux tribut que lui doit sa conquête :

Mais pour Narcisse il n'est point de plaisirs.

Avec douleur, Tirésias lui-même,

Qu'ont trop instruit des oracles secrets,

En l'éloignant des yeux de ce qu'il aime,

N'a consulté que leurs vrais intérêts.

   Mais le jour fuit : sous le toit solitaire

De cent berceaux, sous le simple lambris

Des myrtes verds et des rosiers fleuris,

Entrelacés par la main du mystère,

L'Amour conduit les enfans de Cypris.

Dans ce bercail le pasteur de Cythère

Veut rassembler ses troupeaux favoris :

En les comptant, son cœur se désespère ;

Il lui manquait ses deux agneaux chéris.

Du reste, au moins, le bonheur le console,

Il s'en occupe, il est par-tout ; il vole

Sur eux, près d'eux; parle aux vents, aux ruisseaux;

Il adoucit le murmure des eaux ;

Il tient captifs les fils légers d'Éole (1),

Hors le Zéphyre, habitant des roseaux;

Il règne en dieu sur les airs qu'il épure ;

Des prés, des bois, ranime la verdure;

Des astres même, en silence roulans,

Il rend plus vifs les feux étincelans.

Amans heureux, dans la nature entière,

Tout vous invite aux tendres voluptés :

Les yeux sur vous, la nocturne courière (2)

D'un pas plus lent marche dans sa carrière,

Et pénétrant de ses traits argentés

La profondeur des bosquets enchantés,

N'y répand trop ni trop peu de lumière.

Ce faible jour, le frais délicieux,

Le doux parfum, le calme des bocages,

Les sons plaintifs, les chants mélodieux

Du rossignol caché sous les feuillages,

Tout, jusqu'à l'air qu'on respire en ces lieux,

(1) Éole, dieu des vents.
(2) On entend par-là Diane, c'est la même que la lune.

Jette dans l'ame un trouble plein de charmes;
Tout attendrit, tout flatte, et de ses yeux
Avec plaisir on sent couler des larmes.

O belle nuit! nuit préférable au jour!
Première nuit à l'Amour consacrée!
En sa faveur prolonge ta durée,
Et du soleil retarde le retour.

Et toi, Vénus, qui présides sans cesse
A tous les pas de tes chastes enfans,
Qui les unis sans témoins, sans promesse
(Précautions dont ces heureux amans
N'ont pas besoin pour demeurer constans);
Tendre Vénus, lorsque, sous tes auspices,
De tes plaisirs ils cueillent les prémices,
Descends, allume et rallume leurs feux,
Et dans leurs sens, invisible auprès d'eux,
Verse les flots de tes pures délices.

Applaudis-toi, grande divinité,
Applaudis-toi; contemple ton ouvrage:
D'un œil serein vois la félicité
De tant de cœurs qui te rendent hommage:
Vois cette scène et ces grouppes épars.

Quel lieu jamais offrit à tes regards
De ton pouvoir un plus beau témoignage,
Et du bonheur une plus vive image?
Où cependant, où ne portes-tu pas
Et le bonheur, et l'innocente joie?
En quelque endroit que se tournent tes pas,
Sur tous les fronts la gaité se déploie,
La paix te suit : les flots séditieux,
Quand tu parais, retombent et s'appaisent;
L'Aquilon fuit, les tonnerres se taisent;
Et le soleil revient plus radieux
Dorer l'azur dont se peignent les cieux.
A ton aspect la Nature est émue.
En rugissant le lion te salue;
L'ours en grondant t'exprime ses plaisirs;
L'oiseau léger te chante dans la nue ;
Et l'homme enfin, par la voix des soupirs,
Te rend honneur et t'offre ses desirs.
Rien ne t'échappe; et l'abime des ondes
S'embrase aussi de tes flammes fécondes,
Et sous tes traits, sous tes brûlans éclairs,
Pleins d'alégresse, en leurs grottes profondes,

Tu vois bondir tous les monstres des mers.
C'est toi par qui sont les êtres divers,
C'est toi, Vénus, qui rajeunis les mondes,
Et dont le souffle anime l'univers.

L'Olympe même éprouve ta puissance,
Et Jupiter.... Mais que dis-je ? et pourquoi
Parlé-je ici de ton empire immense ?
Mon zèle ardent m'emportait malgré moi :
Faible mortel, je me tais devant toi.
Pour te louer, la meilleure éloquence
Est de sentir, de te suivre en silence,
Et de céder doucement à ta loi.
Deux jeunes cœurs par un tendre délire
T'honorent plus que les sons de ma lyre ;
Je la suspends moi-même à ton autel,
Et me dévoue à ton culte immortel.

Transporte-moi parmi tes insulaires :
Égare-moi dans les réduits secrets
De leurs vallons, de leurs sombres forêts.
Je les verrai, ces rives étrangères ;
J'irai trouver ces peuples fortunés,
Ces amans vrais, ces maîtresses sincères :

J'irai chez vous, paisibles solitaires,
Jouir des biens qui vous sont destinés;
A votre suite , ô nymphes bocagères,
J'irai fouler les naissantes fougères,
Et, les cheveux de roses couronnés,
M'associer à vos danses légères.

NARCISSE.

St Aubin. inv.   L. Duval. Sc.

NARCISSE
DANS L'ISLE
DE VÉNUS.

CHANT SECOND.

De ce bonheur, qui semblait fait pour tous,
Le beau Narcisse, Écho sa belle amante,
Sont privés seuls par un pouvoir jaloux.
Aimable enfant, et vous, nymphe charmante,
Qu'aviez-vous fait ? et quel crime sur vous
Avait du ciel attiré le courroux ?

Narcisse, Écho, par un avis céleste,
Sont menacés du sort le plus funeste
Le même jour, oui, le jour fortuné
Qu'à leurs plaisirs ils auront destiné.
Tirésias, que le Destin éclaire,
De ce Destin organe involontaire,
A ces amans, près de combler leurs vœux,
Avait prédit cet avenir affreux.

Mais il craignait le penchant invincible
Que l'un pour l'autre ils éprouvaient tous deux.
La soif du cœur, l'instinct impérieux,
Pouvait braver cet oracle terrible.
Pour les amans il n'est rien d'impossible,
Et les périls ne sont rien à leurs yeux.
Les vrais amans laissent tonner les dieux :
De nos desirs l'attrait irrésistible
Parle plus haut que l'enfer et les cieux.
Il voulut donc, sur un prétexte heureux,
Oter lui-même à ce couple sensible
L'occasion qu'il redoutait pour eux,
L'occasion d'un moment dangereux.
Tromper l'Amour est chose peu facile :
Tirésias, en ressources fertile,
Sut, nuit et jour, enchaîner près de lui
Son jeune élève, à ses ordres docile.
« Mon fils, dit-il, si je fus votre appui
» Dans l'âge tendre où l'homme, sans autrui,
» A se conduire est encore inhabile,
» A votre tour conduisez aujourd'hui
» Et soutenez ma vieillesse débile.

» Venez, mon fils : votre présence utile
» Des jours trop longs m'abrégera l'ennui.
» Nous marcherons attachés l'un à l'autre
» Par les deux bouts de ce ruban léger,
» Qui réglera ma route sur la vôtre,
» Et loin de moi bannira le danger.
» Approchez-vous ». Le crédule Narcisse
Vient s'enchaîner sans prévoir l'artifice.
De ce moment, il précède, il conduit
Le vieux devin, qui chemine avec peine,
Qui, dans le jour ne trouvant que la nuit,
Pour s'étayer dans sa marche incertaine,
Courbe son corps sur un appui de frêne,
Et fortement tient le cordon qu'il suit.

Mais, en captif te retenant sans cesse,
Trop simple enfant, ainsi Tirésias
T'empêchera, barbare par tendresse,
De rester seul auprès de ta maîtresse,
Et saura bien, quand tu guides ses pas,
Sur tous les tiens veiller avec adresse.

Souvent Écho, souvent Narcisse en pleurs,
Près de leur père unissaient leurs douleurs;

4

Et ce bon père, ému de ces alarmes,
Pleurait lui-même en essuyant leurs larmes.

Regards, soupirs, quelques baisers encor,
Donnés, rendus, savourés en cachette,
Malgré les soins de l'aveugle Mentor,
Melaient du moins dans leur ame inquiète
A l'amertume une douceur secrète.
Mais ces baisers tremblans, mal assurés,
Ces faibles biens, que sont-ils, comparés
A ces torrens de volupté parfaite
Où les amans, de plaisir altérés,
Sont, à longs traits, de plaisir enivrés?

Un jour enfin (jour de triste mémoire,
Qui vit la faute et les malheurs d'Écho !
Jour qui devrait des fastes de l'histoire
Être effacé par la main de Clio (1) !)
L'astre du monde ouvrait encore à peine
Dans l'orient son palais de vermeil :
Près d'un taillis, sur le bord d'une plaine,
Parmi les fleurs, sous la voûte d'un chêne
Impénétrable aux rayons du soleil,

(1) Muse qui préside à l'histoire.

D'accord entre eux, Zéphyre et le Sommeil
Flattaient Narcisse ; et ces gardiens fidèles
Au loin chassaient, en secouant leurs ailes,
Les noirs soucis, jusqu'au temps du réveil.
Depuis trois jours, depuis trois nuits entières,
Vous n'aviez pu, dieu des heureux pavots (1),
Sous votre main abaisser ses paupières,
Ni dans ses sens rétablir le repos :
Il pressentait les approches fatales
De son malheur. Mais les dieux quelquefois
A nos chagrins laissent des intervalles :
Le sommeil vient : la nature a ses droits.

    Écho survint. L'ennui qui la dévore
Vers son amant l'appelle dès l'aurore.
Le tendre Amour présente à ses regards
Tirésias et celui qu'elle adore.
Près d'eux, sur l'herbe, étaient de toutes parts
Traits et carquois confusément épars,
Traits dont Narcisse, en des jours plus tranquilles,
Aimait l'usage, et qu'il laisse inutiles.
Près du vieillard qui le tient enchaîné,

(1) C'est le dieu du sommeil : le pavot lui est con---

Sur ses genoux, d'un air de confiance,
Il sommeillait, mollement incliné ;
Et le vieillard, seul, assis en silence,
Le soutenait d'un air de complaisance.

L'agile Écho précipitait ses pas :
Mais tout-à-coup, immobile, enchantée,
Un peu loin d'eux elle s'est arrêtée.
A cet enfant, qui ne la voyait pas,
Elle sourit en étendant les bras ;
Elle sourit, et pourtant elle pleure.
Le ciel présente un contraste pareil,
Lorsque dans l'air on voit à la même heure
Tomber la pluie et briller le soleil.

« Sans doute, hélas ! à son inquiétude,
» Toute la nuit, dit-elle, il s'est livré ;
» Au jour naissant, le sommeil est entré
» Dans ses beaux yeux fermés de lassitude.
» Comme en dormant il reprend sa fraîcheur
» Et ses attraits ! que dans cette attitude
» Il est touchant ! qu'il est cher à mon cœur ! »
Vers le gazon où Narcisse repose,
Disant ces mots, elle court vivement ;

Puis, abaissant une bouche de rose,
De cent baisers, doucement, doucement,
Presse en secret sa bouche demi-close.
Qu'il est heureux ! Mais que dis-je ? endormi,
S'il est heureux, il ne l'est qu'à demi.

Enfin, cédant à sa douleur amère,
Écho se jette aux genoux de son père,
Et, d'une voix qu'éteignent les soupirs,
Exprime ainsi ses mortels déplaisirs :
« O vous, de qui la bonté paternelle,
» Narcisse et moi, daigne nous consoler,
» Toujours le Sort nous fera-t-il trembler ?
» Que tarde-t-il ? et quand sa main cruelle
» Du dernier trait nous doit-elle accabler ?
» Faut-il long-temps languir dans la contrainte
» En l'attendant ? condamnés par le ciel,
» Faut-il encor que nous mourions de crainte
» Cent fois le jour, avant le coup mortel ?
» Ah ! quel que soit ce malheur que j'ignore,
» L'incertitude est plus affreuse encore :
» Il est cent maux que notre esprit floitant
» Craint tour à tour pour un qui nous attend.

4.

» Mais, ce qui rend notre infortune extrême,

» Nous redoutons le jour du bonheur même :

» Nous nous aimons, et n'osons nous unir !

» Serait-ce un mal de s'unir quand on s'aime,

» Pour que le ciel voulût nous en punir ?

» O vous, mon père, oh ! si jamais votre ame

» Du tendre amour avait connu la flamme !

» Si vous lisiez dans le sein des amans,

» Avec pitié vous verriez nos tourmens.

» Un dieu menace. A-t-il quelque supplice

» Plus dur pour moi que de perdre Narcisse ?

» Je crains sa perte, et c'est mon seul effroi.

» Mon cher amant, toi seul es tout pour moi.

» Mon choix est fait, s'il faut que je choisisse

» Ou de mourir, ou de vivre sans toi :

» Je périrai… Sera-ce avec justice ?

» Suis-je coupable »? Alors Tirésias :

« Craignez le ciel, et ne l'accusez pas :

» Le ciel est juste. Est-ce à vous, téméraire,

» D'oser juger la justice des dieux ?

» Ah ! réprimez ce penchant curieux,

» Ou redoutez un châtiment sévère.

» *Penchant funeste! Écho, tremble aujourd'hui*
» *D'être coupable, et de l'être par lui.* (1)
 » Mais le temps vole. Allez dans ces campagnes,
» Allez, ma fille, assembler vos compagnes.
» Je vous attends ; et quand l'astre du jour
» Aura fourni la moitié-de son tour,
» Nous irons tous, dans un grand sacrifice ,
» (Honneurs, hélas! peut-être superflus!)
» Prier Junon de vous être propice :
» Craignez Junon... Je n'en dirai pas plus ;
» Et, dès ce soir (si de tristes présages (2),
» Lorsque tantôt nous irons l'implorer,
» N'annoncent pas qu'il faut vous séparer,
» Et que sa main rejette vos hommages),
» Oui, dès ce soir, je couronne vos vœux :
» Car, je le sens, enfin cette journée
» Doit décider de votre destinée,
» Et va vous rendre heureux ou malheureux ».

(1) Ces paroles sont une prédiction. Ce fut la curiosité
d'Écho qui la perdit.

(2) On verra dans le quatrième chant les présages qui
précédèrent ce sacrifice.

Écho partait. Dans le vague des nues,
Elle apperçoit deux cygnes éclatans,
Au cou flexible, aux ailes étendues,
Qui, dans un char, au bruit de leurs accens,
Traînent Vénus, et volent sur les vents.
En se jouant, légèrement ils fendent
Le sein des airs, et lentement descendent
Sur le gazon jusqu'aux pieds du vieillard.
Avec respect pesamment il s'empresse
De se lever, d'aller à la déesse
Pour l'adorer au sortir de son char,
Retombe assis, et maudit sa vieillesse.
Au mouvement que fit Tirésias,
L'enfant roulant s'en va sur l'herbe épaisse
Tomber près d'eux, et ne s'éveille pas :
Tant le sommeil lui rend avec usure
Ce que le soin fit perdre à la nature.

« Dors, cher enfant, sous ces ombrages verds.
» Esprits légers, qui volez dans ces plaines,
» Paisibles vents, par vos molles haleines,
» Autour de lui, rafraîchissez les airs.
» Vous, mes oiseaux, par vos tendres concerts,

» Calmez son ame, et faites dans ses veines

» Couler la paix et l'oubli de ses peines. »

Ainsi parla la mère des amours;

Puis, s'asseyant sur un lit de verdure :

« Guide prudent, qui veillez sur ses jours,

» Hélas! dit-elle, à vous seul j'ai recours :

» Apprenez-moi sa disgrace future,

» Et de son sort percez la nuit obscure. »

    « Belle Vénus, reprit Tirésias,

» De l'avenir le Destin est le maître :

» Sa volonté dirige tous nos pas :

» Respectons-la sans vouloir la connaitre :

» Pour la connaître, on ne la change pas.

» Eh ! qui, d'ailleurs, de ce dieu redoutable

» Peut déchirer le voile impénétrable ?

» Par moi, sans doute, il annonce aux mortels

» Tantôt des biens, tantôt des maux cruels :

» Mais par ma voix rarement il déclare

» Quels sont ces maux ou ces biens qu'il prépare.

» Avec moi-même il sait dissimuler,

» Et ne répand qu'une lumière avare

» Sur les secrets qu'il veut me révéler.

» De ces enfans ce qu'il daigne prédire,
» Diversement se peut interpréter.
» Il serait long de vous le répéter,
» Tendre Cypris, et, pour vous le redire,
» De mon histoire il faudrait vous instruire :
» Il en dépend, et s'y trouve enchaîné...
» Mais laissons là mon sort infortuné,
» Et de ma vie étouffons la mémoire. »
« Non, dit Vénus ; il faut tout recueillir :
» Le passé peut expliquer l'avenir.
» J'attends de vous ce récit, cette histoire
» Toujours promise, et remise toujours :
» C'est trop long-temps différer, tous les jours,
» Cette faveur qu'une déesse implore.
» Ne pensez plus vous en défendre encore,
» Ni m'échapper par de nouveaux détours.
» Voyons enfin ces événemens rares,
» Ce long tissu d'aventures bizarres,
» Qui de vos ans ont illustré le cours.
» Parlez sans crainte : à l'ombre de ce chêne
» Nous sommes seuls, nul témoin ne nous gêne,
» Nul indiscret n'entendra nos discours. »

Ainsi du moins le croyait la déesse :
Mais un buisson dérobait à ses yeux
La jeune Écho, qui s'était, auprès d'eux,
Dans le taillis glissée avec finesse.
En surprenant ce qu'ils disaient tous deux,
Écho voulait pénétrer ce mystère
Qui l'intéresse et que l'on veut lui taire.
Injustes dieux ! pourriez-vous la punir
D'avoir tenté de sauver ce qu'elle aime ?
Serait-il vrai qu'elle eût fait elle-même
Tout son malheur, voulant le prévenir ?

Elle était fille ; elle était amoureuse ;
Elle tremblait pour l'objet de ses soins :
C'était assez pour être curieuse,
C'était assez : filles le sont pour moins.
Mais je ne veux fronder ce sexe aimable ;
Et pour Écho, sa faute est excusable.
Si cette nymphe est coupable en ceci,
Je lui pardonne, Amour la fit coupable.
Puisse le sort lui pardonner aussi !

Discrètement, et d'une main habile,
En écartant le feuillage mobile,

L'œil et l'oreille avidement ouverts,

Elle regarde , elle écoute au travers ;

Ne peut qu'à peine , en ce petit asyle ,

Trouver sa place , et craint de se montrer,

Ne se meut pas, et n'ose respirer ;

Sait ramasser son corps souple et facile,

Se promettant, durant cet entretien,

D'épier tout, un mot, un geste, un rien :

Un mot, un geste, un rien, tout est utile.

Comme elle aussi Vénus le savait bien.

Vénus croyait de ces énigmes sombres

Voir par degrés se dissiper les ombres ;

Qu'une parole échappée au hasard ,

Dans le récit qu'elle attend du vieillard ,

Malgré lui-même, éclaircirait peut-être

Ce qu'il semblait n'oser faire connaître ;

Qu'une fois mis en humeur de conter

(Car on se plaît à conter à cet âge) ,

A ce plaisir se laissant emporter,

Il pourrait bien , moins discret et moins sage ,

Par quelque trait imprudemment lâché,

De l'avenir entr'ouvrir le nuage ,

Et dévoiler ce qu'il tenait caché.

Tirésias dans un profond silence
Devait toujours se tenir retranché :
Mais il sent peu la triste conséquence
De son récit; et l'humaine prudence,
Qui dans la nuit de tout temps a marché,
Dans quelque abîme a toujours trébuché.
D'ailleurs, quel art, quels ressorts, quelle adresse
Vénus alors n'employa-t-elle point ?
Plainte, menace, autorité, caresse,
Tout fut d'usage, on n'omit aucun point.
Contre Vénus que peut notre faiblesse,
Quand l'artifice à son pouvoir est joint ?
Il balançait : la belle enchanteresse
Soudain lui donne un baiser plein d'appas,
Vole à son cou, contre son sein le presse,
Et tendrement le serre dans ses bras.
La jeune vigne entoure ainsi l'écorce
D'un orme antique, et l'embrasse avec force.

Tirésias, réchauffé par Vénus,
Sentit en lui se ranimer la cendre
De ces doux feux autrefois si connus,

5

Et d'un soupir il ne put se défendre.

« Vous rappelez à notre souvenir

» Un temps bien cher, dit-il à Cythérée.

» O temps heureux, mais de courte durée,

» Temps des amours, qui ne peux revenir,

» Devais-tu naître, ou devais-tu finir ?

» Regrets amers! Mon ame déchirée

» Tout de nouveau se rouvre à ses douleurs.

» Il faut pourtant vous conter mes malheurs.

» La Renommée en a parlé, sans doute,

» Plus d'une fois, à la table des dieux :

» Mais ses cent voix dans la céleste voûte

» Mentent souvent, comme dans ces bas lieux.

NARCISSE.

St Aubin. Inv.

L. Duval. Sc.

NARCISSE
DANS L'ISLE
DE VÉNUS.

CHANT TROISIÈME.

Depuis le jour où, témoin de vos charmes,
Au mont Ida, l'heureux berger Páris,
De la beauté vous accordant le prix,
Força Junon de vous rendre les armes,
Junon piquée a toujours contre vous
Lancé les traits de son dépit jaloux ;
Et l'avenir ne peut vous sauver d'elle,
Puisqu'elle est femme, et qu'elle est immortelle :
Souffrez ce mot sans montrer de courroux.
Moi, qui du sien devais me croire indigne,
J'en suis aussi l'objet infortuné,
Et mon exemple est une preuve insigne
Que son cœur dur n'a jamais pardonné.
Or, si ce cœur nous unit dans sa haine,

Dès-lors, Vénus, elle voit avec peine
Nos citoyens, enfans de votre choix :
Ils sont à vous, et vivent sous mes loix;
C'en est assez, la commune ennemie,
Renversant l'isle encor mal affermie,
Veut de nous deux se venger à la fois.

　　Elle est puissante, et les bords du Scamandre,
Beaux lieux changés en un séjour d'horreur,
Ces tours qu'en vain vous voulûtes défendre,
Cet Ilion dont fume encor la cendre,
Ont éprouvé ce que peut sa fureur.
Cette fureur aujourd'hui se ranime,
Mais sans éclat, et cherchant sourdement
A nous creuser un invisible abime,
Avec plus d'art, agit plus sûrement.
Ce couple aimable en sera l'instrument;
Il en sera la première victime
Si le Destin n'en ordonne autrement :
Car le Destin, par son vouloir suprême,
Peut rendre vain ce qu'elle a résolu;
Mais je crains bien que ce maître absolu
Dans ses projets ne la serve lui-même.

Tendres amans, tout me présage assez
Qu'il doit vous perdre ; et mes malheurs passés
De vos malheurs sont l'image et l'emblème.
Pour me porter les plus sensibles coups,
On me poursuit aussi dans ce que j'aime,
Et c'est moi seul que l'on punit en vous.
On vous punit, et je suis le coupable !
Eh quoi ! Junon ne se contente pas
De tous les maux dont sa rage implacable
A jusqu'ici frappé Tirésias !
Je l'offensai : mais des traits d'imprudence,
Dignes au plus d'un châtiment léger,
Méritaient-ils cet excès de vengeance ?
Daignez, Vénus, m'entendre et me juger.

    Sorti des murs qu'aux accens de sa lyre
Un fils des dieux, architecte nouveau,
Près de l'Euripe autrefois sut construire,
(Sacrés remparts, qui furent mon berceau !)
Je voyageais, curieux de m'instruire,
Jaloux de voir, dès mes plus jeunes ans,
L'esprit, les mœurs des peuples différens.
Je parcourais ces isles renommées

Que voit la Grèce à l'orient semées,
Et dont le cercle environne Délos.
Une tempète, un dieu plutôt, m'égare
Près de l'Asie, au sein des vastes flots
Rendus fameux par la chûte d'Icare,
Et le Destin me conduit à Samos.
Que n'ai-je, ô ciel! péri dans cet orage!
Mais mon malheur me sauva du naufrage.

Ce fut, déesse, en ce triste séjour
Que de Junon j'excitai la colère.
Comme à Cadmus, le ciel m'offrit un jour
Deux grands serpens, qui, près d'une onde claire,
Gardaient ses bords et les bois d'alentour.
L'amour s'apprête à les unir ensemble :
Mais quel amour! à la haine il ressemble.
Ces fiers dragons, près de se caresser,
En s'abordant semblaient se menacer.
Entre les dents dont leur gueule est armée,
Sort en trois dards leur langue envenimée,
Organe impur qu'anime le desir,
Signal affreux de leur affreux plaisir.
D'un rouge ardent leur prunelle enflammée

Jette autour d'eux des regards foudroyans.
Mais tout-à-coup ils sifflent et s'embrassent,
Etroitement l'un l'autre ils s'entrelacent
Dans les replis de leurs corps ondoyans.
De vingt couleurs l'éclat qui les émaille
Varie au gré de ces longs mouvemens,
Et mon œil voit dans leurs embrassemens
D'un feu changeant s'allumer leur écaille.
Telle est l'iris, quand un nuage obscur;
Chargé de pluie, altéré de lumière,
Boit le soleil, et vers notre paupière
Réfléchit l'or, et la pourpre, et l'azur.

Un javelot (sans en prévoir l'usage,
Dans une main j'avais deux javelots),
Lancé d'abord sur ce couple sauvage,
De leur sang noir, qui coulait à ruisseaux,
Teignit près deux les herbes et les eaux.
Blessés tous deux, tous deux avec courage
Dressent la tête, et recourbent de rage
Leur queue immense en cercles redoublés;
Puis jusqu'à moi s'alongent, se déploient
D'un saut agile, et devant eux m'envoient

Tous leurs poisons en vapeurs exhalés.
De l'autre dard j'arrête leur furie,
Et par mon bras, malgré leur force unie,
Le double monstre à la fois combattu,
Dans la poussière à la fois abattu,
Laisse à mes pieds sa colère et sa vie.

   Ils expiraient. Une voix dans les airs,
Au bruit des vents, au milieu des éclairs,
S'ouvre un passage, et me glace de crainte :
« Ah ! malheureux ! près d'une source sainte,
» Et sur des bords à Junon consacrés,
» Oses-tu bien, dans tes fureurs impies,
» De ce lieu même attaquer les génies,
» Ces demi-dieux à Samos adorés ?
» Tremble . . . frémis. Junon, qui les protège,
» Saura punir ce forfait sacrilège.
» Ta cruauté, sans respecter leurs feux,
» Les a privés des plaisirs amoureux :
» Bientôt toi-même, avec plus de justice,
» Eprouveras un semblable supplice;
» Et tu verras tes élèves, un jour,
» Ainsi que toi, le prouver à leur tour. »

Ah ! j'ai rempli de l'oracle funeste
Une partie ; ils rempliront le reste.

Je n'avais pas, en ce temps fortuné,
Ce front bruni, de rides sillonné,
Ce grand front chauve, et cette barbe épaisse
Que tous les jours argente la vieillesse.
Que mon bel âge a fui d'un vol léger !
Que promptement, dans son cours passager,
Chacun de nous touche au soir de la vie !
Le temps cruel et sa faulx ennemie
N'approchent point de l'Olympe immortel,
Et les dieux seuls ont un jour éternel.

Avant le temps de mes longues disgraces,
Jadis en moi se trouvaient réunis
Les doux attraits, la jeunesse, les graces,
Et de Narcisse, et de votre Adonis :
Aussi les cœurs volaient tous sur mes traces.
Mille beautés, dignes de m'enflammer,
Avaient cherché vainement à me plaire :
Dans les forêts, errant et solitaire,
Je me cachais, et je craignais d'aimer.
Je vis Irène, et mon fier caractère,

A son aspect, se sentit désarmer.
Aimable Irène ! objet si plein de charmes !
Victime, hélas ! de tes feux trop constans !
Fille trop tendre ! après trois fois seize ans,
Ton souvenir m'arrache encor des larmes.

Devant les dieux je reçus son serment,
Elle eut le mien. Nous touchions au moment
Si cher pour moi, si cher pour elle-même :
Nous avancions vers le bonheur suprème ;
Ma bouche avait des baisers précurseurs
Cueilli déja les premières douceurs :
Mais, ô prodige ! ô soudaine disgrace !
Dans tous mes sens émus par le desir,
Et qu'animait l'approche du plaisir,
Un froid mortel se répand et les glace :
J'en perds l'usage . . . ou plutôt . . . quel affront !
Je perds . . . La honte est encor sur mon front.
O chère épouse ! en quel moment étrange,
Et par quel trait inoui jusqu'alors,
Cette Junon me suspend et se venge !
Entre tes bras, la cruelle me change
En jeune nymphe, et trompe mes transports :

Je m'éclipsai dans mes plus doux efforts.

Telle en nos champs la tendre sensitive

Fuit le toucher, délicate et craintive,

Et rentre en soi ; mais du moins, ô Vénus.

Si nous ôtons le doigt qui la captive,

Elle renaît et plus fraîche et plus vive :

Elle renaît ; et moi, triste, confus,

Moi, sans renaître, hélas ! je disparus

A mes regards, comme aux regards d'Irène ;

Et mon amante, étonnée, incertaine,

En moi me cherche, et ne me trouve plus.

« Ainsi le Sort nous joue et nous opprime !

» S'écria-t-elle : ainsi, faibles humains,

» A peine il met le bonheur dans vos mains,

» Que devant vous il entr'ouvre un abime

» Où vous voyez fondre et s'évanouir

» Ce vain bonheur dont vous deviez jouir !

» Toi, qu'il détruit, je vois de cet outrage,

» De ce néant, s'indigner ton courage.

» Je souffre aussi : tout est fini pour moi.

» Mais à ta main si je ne puis prétendre,

» J'attends de toi l'amitié la plus tendre ;

6

» C'est mon espoir. Ne crois pas qu'après toi
» Aucun amant m'engage sous sa loi :
» Quand tu n'es plus, je veux chérir ta cendre,
» Et ta mémoire aura toujours ma foi. »
    Je fus sensible à cet amour fidèle,
Et je l'aimai, mais sans brûler pour elle.
Eh ! que pouvais-je en cet état nouveau ?
Elle avait vu dans la nuit éternelle
De mes desirs s'éteindre le flambeau :
J'étais vivant, et j'étais au tombeau.
    D'Irène, au moins, compagne inséparable,
Je lui donnais mes inutiles jours :
Notre amitié devint inaltérable.
Près d'elle enfin j'oubliai pour toujours
Ces lieux charmans, ces lieux qui m'ont vu naître,
Et que l'Ismène arrose dans son cours :
Comment alors pouvais-je y reparaître ?
    Tous mes conseils ne purent étouffer
Au sein d'Irène une ardeur insensée.
Mon vain fantôme occupait sa pensée,
Et la raison ne put en triompher.
Sa passion, faiblement endormie,

Se réveillait de moment en moment,
Et, chaque jour, aux yeux de son amie,
Elle donnait des pleurs à son amant.

J'étais bien loin de partager sa flamme.
Le sexe dit que la simple amitié
Peut, sans l'amour, satisfaire son ame;
Le sexe ment : le tendre amour réclame
De ces beaux cœurs au moins une moitié;
J'en fis l'épreuve. Acis ent ma tendresse :
Acis m'aimait, Acis savait aimer.
Je fus discrète, et ma délicatesse
Voulut cacher à ma triste maîtresse
Un feu nouveau qui devait l'alarmer :
Mais j'ignorais que le trait qui nous blesse
Ne peut en nous toujours se renfermer,
Et qu'il n'est point de si secret mystère
Que tôt ou tard un œil jaloux n'éclaire.
A ma rougeur, à ce trouble si prompt
Qu'au nom d'Acis on voyait sur mon front,
A mon silence, à mon air de contrainte,
Irène apprit mon penchant et ma feinte.

Pardonne, Irène. A mon cœur, comme au tien,

Un dieu commande, un dieu, tu le sais bien,
Qui, malgré nous, de nous-mêmes dispose.
Athénaïs (ce nom était le mien
Depuis le jour de ma métamorphose),
Athénaïs plaint les maux qu'elle cause,
Plaint ton amour, mais s'occupe du sien.
Que diras-tu ? De quelle jalousie
Ton ame, hélas ! sera-t-elle saisie,
Lorsque, malgré tes regrets et tes cris,
Mon jeune amant aux autels d'Hyménée
Me conduira, de guirlandes ornée,
Comme on m'a vu t'y conduire jadis ?

   Elle arriva, cette grande journée.
Souvenez-vous de cet instant, Cypris,
Où, dans les bras d'Irène consternée,
Tirésias devint Athénaïs.
Vous le dirai-je ? en un moment semblable,
Quand mon époux est à peine en mes bras,
Quand au plaisir tout paraît favorable,
Par un retour que je n'attendais pas,
Athénaïs devint Tirésias.
Ainsi deux fois la déesse fatale

Me fit souffrir le tourment de Tantale;
Ainsi, le sang des serpens amoureux
Sollicitant sa cruelle justice,
Elle voulut, pour les venger tous deux,
Du double sexe en moi tromper les feux,
Unir en moi le différent supplice
Que dut jadis éprouver chacun d'eux.
Ce châtiment aurait dû lui suffire.
Acis gémit. De ses bras caressans,
Les yeux baissés, honteux je me retire,
Et lui remets son cœur et ses présens.

    Je le quittai pour voler chez Irène.
Enfin, disais-je, à moi-même rendu,
Je vais encor la faire souveraine
D'un tendre cœur qu'elle a long-temps perdu.
Flatteuse idée! espérance trop vaine!
J'entre... La parque allait trancher son sort,
Et m'attendait pour cette horrible scène.
« Irène!... ô dieux! criai-je avec transport,
» Vois ton amant que le ciel te ramène,
» Entends ma voix »…. Elle fait un effort,
Étend les bras, me cherche, ouvre avec peine

Des yeux nageans dans l'ombre de la mort,
Me reconnaît... Un doux rayon de joie
Sur son visage, où régnait la pâleur,
Fait un moment renaître la couleur.
« Serait-ce toi? Que faut-il que j'en croie?
» Se peut-il bien qu'enfin je te revoie?
» Mais dans quel temps? Ah! je n'ai pu souffrir
» Ton autre hymen : ma tendresse jalouse
» M'a consumée... Adieu, je vais mourir,
» Heureuse au moins de mourir ton épouse!
» Retiens tes pleurs. Puissé-je, à l'avenir,
» Trop cher époux, vivre en ton souvenir!
» Puissé-je ! »... Alors elle perd la lumière.
Hélas! en vain, la serrant dans mes bras,
Je la voulais disputer au trépas :
Il me fallut lui fermer la paupière,
Et sur sa bouche on me vit recueillir
Ses feux, son ame, et son dernier soupir.

Dès cet instant, pardonnez, ô déesse,
Je pris en haine et l'Hymen et l'Amour :
Dès lors mon cœur, flétri par la tristesse,
A vos plaisirs se ferma sans retour.

Si mon image a dans le sein d'Irène
Régné jadis jusqu'à son dernier jour,
Je veux moi-même, occupé de la sienne,
Dans le tombeau l'emporter à mon tour.

  Je voulais fuir une isle que j'abhorre :
Mais le Destin, qui fit tous mes malheurs,
De ces premiers peu satisfait encore,
M'y préparait de nouvelles douleurs.

  C'est à Samos que Junon prit naissance ;
C'est à Samos, séjour de son enfance,
Que de son frère elle fit son époux.
Elle s'y plaît, et cette heureuse terre
Lui sert d'asyle en ces momens jaloux
Où, pour un temps, la déesse en courroux
Renonce au lit du maître du tonnerre.
Souvent aussi Jupiter suit ses pas ;
Dans ces bosquets il la trouve plus belle.
A leur aspect, son cœur se renouvelle,
Et brûle encor de ces feux délicats
Qu'il y sentit pour ses jeunes appas ;
Et son amour met à profit près d'elle
Les souvenirs que ce lieu leur rappelle.

Mais quelquefois elle vient s'y cacher,
Respirer seule, et jouir d'elle-même :
Sans cour, sans pompe, elle vient y chercher
La liberté, qui fuit le rang suprème ;
De son front grave elle y vient détacher
Tous ses ennuis, avec son diadème ;
Elle y vient rire : on rit peu dans les cieux.
Je la plaindrais, je plaindrais tous les dieux
D'être immortels, si ces dieux qu'on révère
Devaient traîner leur triste éternité
Sans dépouiller la majesté sévère ;
Si, pour l'honneur de la divinité,
Ils ne pouvaient briser la chaîne austère
De la contrainte et de la dignité.
Junon commande à la Nature entière,
Je le confesse, et pour ce cœur si fier
Il est flatteur de marcher la première
Parmi les dieux et pres de Jupiter.
Il faut pourtant à cette reine altière
D'autres plaisirs, des plaisirs plus touchans.
Samos lui rouvre un sein qui l'a nourrie,
Et Junon trouve en cette isle fleurie

Ces plaisirs purs qui naissent dans les champs.

Elle y parut, alors que toute prete,
Sur le rivage, en ses replis flottans
Déja ma voile emprisonnait les vents.
J'allais partir : mais son ordre m'arrête.
Conduit près d'elle et près de son époux,
Dans un salon de fleurs et de verdure
Orné des mains de la simple Nature,
Je viens, je tombe à leurs sacrés genoux.
De l'univers je contemple les maîtres.
Ils étaient seuls, car les dieux de leur cour
Étaient restés au céleste séjour ;
Et le troupeau des demi-dieux champêtres,
Par Jupiter enivrés en ce jour,
Trop échauffés de nectar et d'amour,
L'avaient quitté pour suivre sous les hetres
Le jeune essaim des nymphes d'alentour.
L'exemple entraine ; et le fils de Saturne
Avait aussi, sur la fin du repas,
Pressé Junon, et volé dans ses bras.
Tout l'annonçait : on remarquait une urne
Sur le gazon renversée auprès d'eux

Et cent crystaux qui, brisés dans leurs jeux,
Témoins récens d'une gaîté folâtre,
Du grand combat parsemaient le théâtre.

Sages enfin, après l'emportement,
Ils jouissaient de ce repos charmant
Où tombe une ame heureuse et satisfaite,
Calme enchanteur, tranquillité parfaite,
Pure, sans trouble et sans égarement.
Ils raisonnaient; ils demandaient comment
L'enfant Amour, qui paraît si paisible,
Porte en nos sens ce tumulte terrible,
Tel que celui de l'humide élément,
Quand l'Aquilon de son souffle invincible
Le bouleverse impétueusement;
Ils demandaient si sa flamme invisible
Sur chaque sexe agit également;
Lequel des deux, la maîtresse ou l'amant,
Prend plus de part, se montre plus sensible
A ses plaisirs, dans un tendre moment.
Junon disait : Faut-il qu'on délibère?
Ne sait-on pas qu'en ces instans si doux
L'homme, plus vif, est plus flatté que nous?

Mais Jupiter prétendait le contraire.

C'est aux experts d'expliquer ce mystère :

Mais des experts, en est-il sur ce point ?

L'expérience, en ce cas nécessaire,

Qui peut l'avoir ? Eh ! Cypris ne l'a point :

Cypris pourtant du plaisir est la mère.

    A ce propos la déesse sourit,

Et le vieillard en ces termes reprit :

    On me fit juge en cette conjoncture.

J'étais fameux ; et ma double aventure,

Dont les détails ont été mal connus,

A Jupiter donnait droit de conclure

Que je pouvais, instruit sur la nature,

N'ignorant pas l'une et l'autre Vénus,

Développer cette matière obscure.

Il ne savait mes destins qu'à demi :

Et je le crois ; sa sagesse profonde

Peut bien mouvoir les grands ressorts du monde,

Sans s'occuper du sort d'une fourmi.

De mes malheurs Junon mieux informée,

Puisqu'en secret elle en était l'auteur,

A son époux loin d'ôter son erreur,

Accréditait ma fausse renommée ;

Elle riait, et jouissait tout bas

De sa malice et de mon embarras,

Comblait mes maux, qui furent son ouvrage,

En y joignant et l'insulte et l'outrage,

Et m'honorait, pour me faire rougir.

Sa bouche enfin, paraissant m'applaudir,

Par un discours que le dieu crut sincère

Sut m'accabler d'une ironie amère :

« Vous qui rendez les dieux mêmes jaloux ;

» Pour qui le Sort, de ses dons moins avare,

» A réuni, par un accord si rare,

» Les deux plaisirs et d'épouse et d'époux ;

» De ces plaisirs quelle est la différence ?

» Lequel vous semble et plus vif et plus doux ?

» Une dispute élevée entre nous

» Sur ce problème attendait la sentence

» D'un connaisseur, d'un juge tel que vous.

» Des rois du ciel éclairez l'ignorance.

» Le monde entier, qui vantait votre nom,

» Des dieux encor vous nommera l'arbitre.

» A ce bienfait reconnaissez Junon ;

» Vous lui devez ce respectable titre. »

Je ressentis jusqu'au fond de mon cœur

Le sel piquant de ce discours moqueur.

Mais, malgré moi, malgré ma honte extrême,

Je l'acceptai, ce titre si pompeux;

Et j'avoûrai que, par vanité même,

Je fus sensible à cet honneur suprême.

Vanité folle! honneur trop dangereux!

Sur cette mer insensé qui s'expose!

Ah! croyez-moi, ne jugeons point la cause

De deux époux, sur-tout quand ils sont dieux.

Mon jugement à Junon fut contraire.

J'avais connu les différens desirs;

A leur ardeur mesurant les plaisirs,

Je satisfis ou je crus satisfaire

Et ma vengeance, et l'équité sévère.

Junon perdit. Par de très-grands éclats

Elle annonça sa fureur vengeresse;

Le dieu sourit. « Ah! ne triomphez pas »,

Dit aussitôt la terrible déesse :

» Sachez enfin que ce Tirésias

» A sans jouir consumé sa jeunesse;

7

» Que les plaisirs, appelés tous les jours

» (Quoiqu'il se flatte et trompe sans scrupule

» En ce moment Jupiter trop crédule),

» Jamais pour lui n'ont cessé d'être sourds,

» Et n'ont jamais couronné ses amours ;

» Que des plaisirs ce juge ridicule

» Est un aveugle... et le sera toujours. »

En prononçant cet arrêt formidable,

Junon me jette un regard furieux,

S'élance à moi, fait deux fois sur mes yeux

Tomber le poids de sa main redoutable,

Pour me ravir la lumière des cieux.

Sans doute, alors par sa rage inhumaine

Elle me crut aveuglé sans retour :

Graces du moins à ma fuite soudaine,

Un de mes yeux fut seul privé du jour ;

Sa main, sur l'autre heureusement trompée,

De la prunelle obliquement frappée

Légèrement effleura le contour.

Tremblant encor, je cherche une onde pure

Pour y laver ma sanglante blessure :

Mais admirez cette fatalité

Qui, pas à pas, me suit dès ma naissance;
De mon étoile admirez l'influence
Et les effets de sa malignité.

   Minerve seule, à Samos descendue,
Avait du ciel suivi les souverains :
Mais du dieu Pan, des faunes, des sylvains
Elle évitait l'indécente cohue.
Hélas ! Vénus, le bord des mêmes eaux
Où je courais pour soulager mes maux,
Ce bord désert la présente à ma vue,
Lorsque, sans voile, et la jambe étendue,
Demi-plongée, elle entrait dans les flots.
Elle me voit, et, d'une main modeste
Cachant à peine un tiers de ses appas,
Elle menace et murmure tout bas
Des mots secrets, dont le charme funeste,
Quand j'approchais, fixe et retient mes pas,
Et pour toujours ferme l'œil qui me reste.
« Adieu (dit-elle en s'éloignant de moi) ;
» Le bel enfant qui fera tes délices
» Serait heureux, si quelques dieux propices
» Daignaient le rendre aveugle comme toi. »

« Cruelle, achève, et m'arrache une vie
» Qui m'est déja plus qu'à demi ravie.
» Et vous, témoin de mes justes transports,
» O Jupiter, oh ! d'un coup de tonnerre
» Précipitez mon ame aux sombres bords.
» Seul, dans la nuit, égaré sur la terre,
» Avec lenteur trainant ce triste corps,
» Ne suis-je pas d'avance au rang des morts?
» Frappez, grand dieu : j'implore cette grace,
» Et j'ai peut-être un droit pour l'obtenir.
» De quelques dieux si j'encours la disgrace,
» Ce n'est pas vous qui devez me haïr. »
Sans m'exaucer, sa bonté souveraine
Par des honneurs crut adoucir ma peine.
Le fier Destin, prié par Jupiter,
Revit mes maux dans son livre de fer,
Et, pénétré d'une pitié secrète,
De ses arrêts il me fit l'interprète.

Dans ce grand livre, avec peine entr'ouvert,
Confusément, Vénus, j'ai découvert
Qu'au sein des eaux, que Narcisse doit craindre,
De son hymen le flambeau va s'éteindre ;

Qu'à son amant Écho préte à s'unir
Par trop de soin deviendra malheureuse;
Que, pour avoir le droit de la punir,
Junon saura la rendre curieuse.
Enfin j'ai lu *qu'en un monde nouveau*
D'affreux chagrins creuseront mon tombeau.

Mais que me sert de percer ces ténèbres ?
Et qu'ont servi mes oracles célèbres
Dans tous les lieux où j'ai porté mes pas,
Aux champs d'Argos, à Corinthe, à Messènes,
Près du Pénée, aux bords de l'Eurotas,
Et dans les murs d'Épidaure ou d'Athènes?
Il vaudrait mieux ignorer l'avenir
Que de prévoir d'inévitables peines,
Et des malheurs qu'on ne peut prévenir.
Considéré, malgré moi, dans la Grèce,
Chargé long-temps et d'ennuis et d'honneurs,
J'ai tristement attendu la vieillesse :
Elle est venue; et la mort, qui me presse,
Va terminer mes jours et mes douleurs.
C'est loin de Thèbe, et dans ce nouveau monde
Où sur vos pas je viens de pénétrer,

7.

Que doit finir ma course vagabonde.

Heureux du moins, quand je vais expirer,

Si, pour combler ma tristesse profonde,

Sur ces enfans je n'avais à pleurer!

Ce long récit du malheureux prophète

Rendit Vénus encor plus inquiète.

« Je comprends bien, dit-elle, qu'à l'instant

» De voir enfin couronner sa tendresse,

» Narcisse doit fuir une onde traîtresse;

» Que, lorsqu'il dort, et que son cœur content

» Ici peut-être est flatté par des songes

» Et se repait d'agréables mensonges,

» Auprès des eaux Junon veille et l'attend.

» Auprès des eaux, sans doute, on le menace

» D'un sort cruel, d'une injuste disgrace:

» Mais quelle est-elle? Et pourra-t-il, hélas!

» La prévenir s'il ne la connaît pas?

» Dois-je trembler qu'une chûte soudaine

» Ne l'engloutisse au sein d'une fontaine,

» Ou qu'il ne boive un funeste poison

» Versé dans l'eau par l'ordre de Junon?

» Dois-je trembler que, pour venger encore

» Ce double monstre à vos pieds terrassé,

» Au bord des flots un serpent ne dévore

» Ce faible enfant tant de fois menacé ?

» Nouvel Hylas, cher aux filles de l'Onde,

» Et par leurs mains enlevé sans retour,

» Quittera-t-il l'objet de son amour

» Pour habiter leur demeure profonde ?

» Osera-t-il, indiscret, curieux,

» Sur les appas, sur le bain de Diane

» Ou de Pallas, ouvrir un œil profane ?

» Vous, Actéon, mille autres par les dieux

» Furent punis pour avoir eu des yeux.

» Quoi qu'il en soit, redoublez votre zèle.

» A ce ruban qui vous attache à lui,

» Tissu trop faible, et peu sûr aujourd'hui,

» Substituez ma ceinture immortelle,

» Dont la vertu, dont l'utile secours,

» Dans le péril peut défendre ses jours.

» Moi, si Junon ne m'a pas prévenue,

» Si, dans mon isle en secret descendue,

» Elle n'a pas, par un filtre odieux,

» Empoisonné les sources de ces lieux,

» Je préviendrai moi-même la perfide. »

Alors Vénus, remontant sur son char,
Autour de l'isle alla , d'un vol rapide,
Dans chaque source épancher le nectar ;
Pure liqueur, dont l'onde une fois teinte
Des noirs poisons doit repousser l'atteinte ;
Secret heureux , mais employé trop tard.

Déployant l'or de ses rênes flottantes,
Vénus enfin s'éloigne du vieillard ,
Et fend des cieux les voûtes éclatantes.
De sa retraite Écho sort doucement,
Parcourt les bois, rassemble en un moment
Autour de soi ses compagnes chéries ,
Et leurs époux épars dans les prairies ;
Au milieu d'eux , revient du même pas ,
Au temps marqué , trouver Tirésias ;
Trouble à regret le repos de Narcisse ;
Par cent baisers essuie , à son réveil,
Sur ses beaux yeux, les restes du sommeil ;
Et , réunis pour le grand sacrifice ,
Tous vont, au pied d'un autel de gazon ,
Brûler l'encens en l'honneur de Junon,

NARCISSE

St Aubin inv.   L. Duval Sc.

NARCISSE

DANS L'ISLE

DE VÉNUS.

CHANT QUATRIÈME.

Lᴀ curieuse est rarement discrète ;
Qui tout écoute, aisément tout répète.
En avançant vers les champétres lieux
Où tout le peuple et le divin prophète
Vont rendre hommage à la reine des dieux,
Trop faible Écho, tu n'as pu te défendre
De raconter à ton amant surpris
Ce que tu viens et de voir et d'entendre.
Funeste soin ! quel en sera le prix ?
Ils murmuraient (le malheur rend injuste),
Ils s'animaient contre leur chef auguste.
« De notre amour bizarrement jaloux,
» Il veut peut-être, en se jouant de nous,
» Nous effrayer, et, par ce stratagème,

» Nous dérober des plaisirs dont lui-même

» Il fut privé par le Sort en courroux. »

A ces soupçons joignant l'ingratitude ,

Les deux amans résolurent encor

De secouer le joug de leur Mentor,

De rompre enfin cette longue habitude

D'obéissance et d'égards superflus ,

Dont, pour tout fruit, ils ne recueillaient plus

Que des chagrins et de l'inquiétude.

Narcisse dit : « Si l'autel de Junon

» Offre à nos yeux un sinistre présage,

» Tirésias doit à notre union,

» Ma chère Écho , refuser son suffrage.

» Que faire alors ? Faudra-t-il obéir ?

» A nous quitter pourrons-nous consentir ?

» Ah ! dès l'instant que des signes contraires

» Annonceront des destins si sévères,

» Viens, et faisons nous-mêmes notre sort :

» N'attendons pas que d'une main barbare

» Tirésias pour jamais nous sépare,

» Et de tes bras m'arrache avec effort.

» Viens alors, viens : qu'au travers de la foule,

» De son côté, chacun de nous se coule

» Adroitement, et trompe tous les yeux.

» Mais, pour ne pas errer à l'aventure,

» Fixons un lieu : fuyons, si tu le veux,

» Près de Vénus, et dans sa grotte obscure.

» Là nous irons, indulgens à nos feux,

» D'un chaste amour serrer les derniers nœuds. »

Hé bien, Narcisse, il faut. . . . Écho modeste

N'acheva pas : sa rougeur dit le reste.

Tandis qu'entre eux ils se parlaient tout bas

Devant leur chef, dont ils guidaient les pas,

On approchait du lieu du sacrifice.

Pendant le peu qui reste de chemin,

Écho plus triste a les yeux sur Narcisse,

Le tient, l'embrasse, et pleure sur sa main.

« O mon espoir, ô moitié de moi-même,

» Unique objet de mes vœux les plus doux,

» Toi que j'adore, hélas ! si ton cœur m'aime,

» De mon repos si ce cœur est jaloux,

» Tourne tes pas loin des fleuves perfides,

» Loin des étangs, des lacs et des ruisseaux :

» Pour t'immoler, des monstres homicides

» Sont par Junon cachés au bord des eaux. »
  Discours fatal ! dangereuse imprudence !
Écho pensait l'éloigner de ces lieux
Si redoutés, si funestes pour eux :
Mais, jeune encore et sans expérience,
De son amant, par sa seule défense,
Elle enflammait les desirs curieux.

  Enfin pourtant on arrive, on s'arrête
Au haut d'un mont dont la superbe tête,
Bravant les cieux, la foudre et les éclairs,
Domine au loin sur la terre et les mers.
C'est sur ce mont que s'élève un bocage
Dont l'art a fait un temple de feuillage :
Temple où Junon, souveraine des airs,
Voit adorer ses grandeurs immortelles.
Un double rang de palmiers toujours verds,
Simples appuis, colonnes naturelles,
Forme alentour des portiques ouverts.
On trouve au centre un vaste sanctuaire,
De qui l'enceinte, espace circulaire,
N'a d'autre toit que la voûte du ciel.
Des doux parfums qui brûlent sur l'autel,

Plus librement les vapeurs répandues
Jusqu'à Junon s'exhalent dans les nues.

A cet autel de gazons et de fleurs
Déja la main des sacrificateurs
A présenté la génisse sacrée,
Jeune, au front large, à la corne dorée.
Le bras fatal, sur sa tête étendu,
Prêt à frapper, tient le fer suspendu...
Un bruit s'entend... l'air siffle... l'autel tremble...
Du fond du bois, du pied des arbrisseaux,
Deux fiers serpens soudain sortent ensemble,
Rampent de front, vont à replis égaux ;
L'un près de l'autre ils glissent, et sur l'herbe
Laissent loin d'eux de tortueux sillons ;
Les yeux en feux lèvent d'un air superbe
Leurs cous mouvans, gonflés de noirs poisons ;
Et vers le ciel deux menaçantes crêtes,
Rouges de sang, se dressent sur leurs têtes.
Sans s'arrêter, sans jeter un regard
Sur mille enfans fuyant de toute part,
Le couple affreux, d'une ardeur unanime,
Suit son objet, va droit à la victime,

L'atteint, recule, et, de terre élancé,
Forme cent nœuds; autour d'elle enlacé,
La tient, la serre, avec fureur s'obstine
A l'enchainer, malgré ses vains efforts,
Dans les liens de deux flexibles corps,
Perce des traits d'une langue assassine
Son cou nerveux, les veines de son flanc,
Poursuit, s'attache à sa forte poitrine,
Mord et déchire, et s'enivre de sang.

Mais l'animal, que leur souffle empoisonne,
(Pour s'arracher à ce double ennemi,
Qui, constamment sur son corps affermi,
Comme un réseau, l'enferme et l'emprisonne)
Combat, s'épuise en mouvemens divers,
S'arme contre eux de sa dent menaçante,
Perce les vents d'une corne impuissante,
Bat de sa queue et ses flancs et les airs.
Il court, bondit, se roule, se relève;
Le feu jaillit de ses larges naseaux.
A sa douleur, à ses horribles maux,
Les deux dragons ne laissent point de trève :
Sa voix perdue en longs mugissemens

Des vastes mers fait retentir les ondes,
Les antres creux, et les forêts profondes...
Il tombe enfin : il meurt dans les tourmens.
Il meurt... Alors les énormes reptiles
Tranquillement rentrent dans leurs asyles.

   De tout le peuple, encor pâle d'horreur,
Un autre objet augmente la terreur.
Non loin de là, guidés par la Nature,
Sur les rameaux, sous la jeune verdure
D'un chêne altier qui se perd dans les cieux,
Étaient cachés deux pigeons amoureux.
Seuls ils allaient, au gré de leurs tendresses,
Se prodiguer d'innocentes caresses.
Ah ! vainement l'attente des plaisirs
Unit leurs becs, fait frémir leur plumage,
Confond leurs voix, leur prête ce ramage
Rauque et flatteur, et coupé de soupirs,
Qui, lent ou vif, est tour-à-tour l'image
Et des langueurs et des brûlans desirs...
Porté vers eux dans un sombre nuage,
Un paon superbe en sort, tel que l'orage
Qui vient troubler le calme d'un beau jour.

Par sa présence il suspend, il traverse
Le cours heureux de leur paisible amour ;
Il les fait fuir, les poursuit, les disperse ;
Et, satisfait de l'effroi qu'il répand,
Au haut de l'arbre il revient triomphant.
Là, battant l'aile et chantant sa victoire,
Il développe, enivré de sa gloire,
Un beau plumage en cercle épanoui.
Sa queue entière, avec pompe étalée,
Forme, en s'ouvrant, une roue étoilée :
Il la contemple ; et lui-même, ébloui
De ce tissu brillant d'or et de soie,
S'enorgueillit des trésors qu'il déploie.

L'outrage fait aux oiseaux de Vénus
De maux plus grands n'était que la figure ;
Maux près d'éclore, hélas ! mais inconnus,
Quoique d'avance on en vit la peinture.

O paon funeste, oiseau d'affreux augure,
Plus effrayant et plus ami des pleurs
Que le corbeau, messager des malheurs,
Et le hibou, qui, dans la nuit obscure,
Vient annoncer le deuil et les douleurs,

Va, puisses-tu, chez la race future,
Malgré l'émail de tes riches couleurs,
Être, comme eux, l'horreur de la nature!
 Parmi la troupe éparse à l'aventure,
Déja Narcisse a tenté le hasard
Et pris la fuite : il s'était avec art
Débarrassé de la belle ceinture
Qui l'arrêtait à côté du vieillard.
 Il est dans l'isle un vallon solitaire
Fait pour Vénus et les dieux de Cythère,
Étroit, profond, ceint d'arbres différens,
Cèdres, sapins, orangers odorans.
Cette forêt verdoyante et touffue,
Amphithéâtre agréable à la vue,
De toutes parts enfermant ce séjour,
Borde le pied des côteaux d'alentour,
Et par degrés s'élève dans la nue.
Sous des rochers, au bas de ces côteaux,
S'ouvre une grotte à Vénus consacrée,
Dont une vigne, épandue en rameaux,
De ses festons a tapissé l'entrée.
Des doux zéphyrs l'haleine tempérée

Vient, au travers de son feuillage épais,

Rafraîchir l'air de la grotte sacrée,

Et leurs soupirs en troublent seuls la paix.

Cette retraite, où se plaît Cythérée,

D'un rayon faible est à peine éclairée,

Rayon douteux entre l'ombre et le jour,

Qui parle aux sens, qui, sans causer d'alarmes

A la beauté, mais sans voiler ses charmes,

Complice heureux des larcins de l'amour,

Sait la contraindre à lui rendre les armes.

Contre Junon cet antre révéré

Offre à Narcisse un asyle assuré.

Narcisse y vint : Écho devait s'y rendre ;

C'est en ce lieu qu'il promit de l'attendre.

Il le promit : mais, cruelle Junon,

Tu dis au vent d'emporter sa promesse ;

De son esprit tu te rendis maîtresse :

Devant la grotte, au centre du vallon,

Tu lui fis voir une onde enchanteresse,

Où, dès long-temps, ta main, ta main traîtresse,

Avait d'en-haut fait pleuvoir un poison

Dont la vapeur jette une prompte ivresse

Dans tous les sens, et trouble la raison.

Trop tard Vénus de son nectar céleste
Dans chaque source a répandu les flots :
Junon, plus prompte en son dessein funeste,
Avait d'avance empoisonné les eaux ;
Et ce qu'a fait un dieu qui nous veut nuire,
Un autre dieu ne saurait le détruire.

« Bords pleins d'attraits ! par quelle étrange loi
» L'humide empire est-il fermé pour moi,
» Disait Narcisse, et quel monstre ai-je à craindre ?
» Ah ! s'il en est qui m'attende en ces lieux,
» Je marche à lui ; dans son sang odieux
» Mes javelots, mes flèches, vont se teindre.
» Assez long-temps on vit ces traits oisifs
» Charger mes mains, ou se perdre sans gloire
» Sur les chevreuils et les daims fugitifs,
» Et j'ai souvent rougi d'une victoire
» Que me cédaient des animaux craintifs.
» De cette grotte, où viendra ma maîtresse,
» Ses yeux, ouverts sur mes exploits heureux,
» Admireront son amant valeureux.
» Oui, tant d'audace, avec tant de jeunesse,

» Honore, Écho, ton choix et ta tendresse,
» Et tu joindras sur mon front généreux
» Quelques lauriers aux myrtes amoureux. »

Il dit et vole. Il trouve une eau paisible,
Un ruisseau pur, dont le brillant crystal
Suit lentement une pente insensible,
Coule sans bruit, et va d'un cours égal
Porter la vie à l'herbe languissante,
Nourrir les fleurs, nourrir l'ombre naissante
Des saules verds qui bordent son canal.

En approchant, sur l'une et l'autre rive
Narcisse jette une vue attentive :
L'affreux serpent, tant prédit aujourd'hui,
Peut le surprendre et s'élancer sur lui ;
Un arc en main, le carquois sur l'épaule,
Prêt au combat, notre jeune héros
Observe tout, se poste au pied d'un saule,
Baisse les yeux, regarde dans les flots.

« Dieux ! est-ce là cette hydre épouvantable,
» Ce noir dragon, ce monstre détesté ?
» Ah ! c'est, dit-il, c'est un être adorable ;
» Oui, c'est sans doute une divinité

» Qui s'offre à moi sous cette forme aimable.

» Sur ce visage, où règne la fraîcheur,

» Quel incarnat s'unit à la blancheur !

» Tel au matin, quand le jour vient d'éclore,

» Aux traits d'argent qu'il lance à son réveil,

» Par intervalle il mêle un feu vermeil,

» Et le rubis légèrement colore

» Un ciel blanchi des perles de l'aurore. »

    L'amant d'Écho, frappé de tant d'appas,

Se voit lui-même, et ne se connaît pas.

Dans le portrait que l'onde lui présente,

Sans le savoir, il admire en détail

Ses propres traits, sa beauté séduisante;

Soit de ses dents l'éblouissant émail,

Qui, divisant deux lèvres de corail,

Semble appeler sur sa bouche engageante

Des ris légers la troupe voltigeante ;

Soit ses yeux bleus, tendres, et couronnés

De noirs sourcils fièrement dessinés.

Peinte dans l'eau, sa chevelure noire

D'un teint de neige augmente encor l'éclat;

Et, descendant sur un cou délicat,

Offre l'ébène à côté de l'ivoire.

Narcisse, épris de cet objet nouveau,
Rougit, se trouble, et voit dans le ruisseau
Sur le beau front de sa jeune merveille
Paraître un trouble, une rougeur pareille,
Courir un feu subit et passager,
Et tous les lys en roses se changer.
Pour une nymphe il a pris son image :
Dans cette erreur aisément tout l'engage,
Et son menton qui d'un duvet léger
A peine encor commence à s'ombrager,
Et ses regards aussi doux que son ame,
Et sa pudeur, et ces graces de femme
Que l'homme n'a qu'en son premier printemps ;
Oui, tout l'abuse, et jusqu'aux vétemens.
Les vétemens, sans différence aucune,
Sont une robe aux deux sexes commune,
Simple en sa forme, élégante, sans art,
Autour du corps négligemment jetée,
Qui, sous le sein, d'une écharpe arrêtée,
Retombe en plis ondoyans au hasard,
Mais qui souvent quand il faut à la chasse

Franchir les monts, braver les feux du jour,

Sur un genou relevée avec grace,

Du brodequin laisse voir le contour.

« Toi, dit Narcisse, hôtesse de cette onde,

» Quitte pour moi ta retraite profonde,

» Et sur ces bords accompagne mes pas.

» Je suis mortel, et ta beauté divine

» Indique assez ta céleste origine :

» Qui que tu sois, ne me dédaigne pas.

» Tirésias, et nous pouvons l'en croire,

» A de mon sang vanté souvent la gloire.

» Un fleuve illustre, à qui je dois le jour,

» Sous un ciel pur coule au sein de la Grèce,

» Et ma naissance est le fruit de l'amour

» Dont une nymphe a payé sa tendresse :

» Puisse la mienne et te plaire, ô déesse,

» Et mériter un semblable retour !.....

» Parle, réponds, et daigne au moins m'apprendre

» A quel destin mon amour doit s'attendre....

» Ah ! je le vois, ce silence obstiné

» M'annonce trop mon sort infortuné :

» Je te déplais..... et tout me fait entendre

9

» Qu'à tes dédains Narcisse est condamné...

» Mais, si j'en crois les nymphes de cette isle,

» Celui qui t'aime, et que tu vois, hélas!

» Brûler ici d'une flamme inutile,

» N'est point difforme, et vaut bien cet Hylas,

» Qui, plus heureux que le fils du Céphise,

» Vit de ses traits une naïade éprise.

» On peut m'aimer, et peut-être qu'ailleurs

» On prise mieux l'objet de tes froideurs....

» Tu me hais seule...un plus heureux, sans doute,

» De ton cœur fier a su trouver la route.

» Un autre... Ah! dieux!»... Il s'éloigne à ces mots.

Le noir poison qui s'exhale des eaux

Agit sur lui, coule de veine en veine,

Brûle son sang, et pénètre ses os.

De ce poison la force souveraine

Passe à l'esprit en dévorant le corps;

Et sa vapeur, qu'il supporte avec peine,

Fait qu'il s'arrache à ces malheureux bords:

Mais son amour aussitôt l'y ramène.

Jeune insensé, tu suis une ombre vaine,

Ce qui n'est point, ce qui n'a rien de soi,

Qui vient, s'éloigne, et revient avec toi.

Ouvre les yeux... Ses yeux sont sans lumière,

Un voile épais a couvert sa paupière ;

Il ne voit plus que l'objet imposteur

Qui, nul par-tout, n'existe qu'en son cœur.

Triste jouet d'un penchant indomtable,

Il est blessé : sa plaie est incurable.

Plein de desirs, et d'amour éperdu,

Languissamment sur la rive étendu,

Ce fol amant, d'un œil insatiable,

Fixe à loisir un fantôme agréable ;

Vers ce fantôme obstinément penché,

A l'observer il demeure attaché.

Quoiqu'aveuglé par une erreur trop chère,

De ce qu'il sent lui-même est étonné ;

Il voit qu'il souffre, et qu'il est entrainé

Par des desirs d'un nouveau caractère,

Et que l'amour dont il est dominé

Est différent d'une flamme ordinaire :

Et cependant il se plait à nourrir

Sa passion, loin d'en vouloir guérir ;

Avec plaisir son cœur se laisse abattre

Sous un pouvoir qu'il ne saurait combattre.
C'est toi, Junon, toi qui lui fais chérir
Le mal secret dont tu le fais périr.

    Narcisse enfin sort de sa rêverie;
Et s'adressant à sa nymphe chérie :
« Peux-tu, dit-il, quand je viens à genoux
» Te présenter l'hommage le plus tendre,
» Hélas! peux-tu refuser de m'entendre ?
» Est-on barbare avec des traits si doux?
» Mais, ciel! que vois-je ? Ah ! serait-il possible
» Qu'enfin ton cœur cessât d'être inflexible ?
» Ou n'est-ce point un songe officieux
» Qui me séduit et fascine mes yeux ?
» Non, dieux puissans! je lis sur son visage
» De mon bonheur l'infaillible présage,
» Et ma Vénus daigne avec un souris
» Tourner vers moi ses regards attendris. »
    Il ne sait pas, aveuglement extrême !
Que sa Vénus n'est autre que lui-même,
Qu'il est l'amant, qu'il est l'objet aimé,
Que de ses yeux part le trait qui le blesse,
Qu'il meurt, en proie à sa vaine tendresse,

Brûlé d'un feu par lui seul allumé.

Il ne sait pas que l'onde lui renvoie ,

Par des rayons réfléchis dans les airs ,

Tout ce qu'il fait , tous ses s gnes divers

D'abattement , d'espérance ou de joie ;

Que ce crystal reçoit et rend d'abord

Et son regard , et son geste , et son port.

Autant de fois que sa tête secoue

Ses longs cheveux où le zéphyr se joue ,

Et qu'envirait la déesse des bois ,

Autant de fois , dans le miroir des ondes ,

Il voit aussi leurs boucles vagabondes

Flotter sans ordre autour de son carquois.

Chaque attitude a des graces nouvelles ,

Et la naiade , à chaque mouvement ,

Semble toujours sous des formes plus belles

Se reproduire aux yeux de son amant.

Trop ébloui des charmes qu'il voit naître ,

De ses transports bientôt il n'est plus maitre :

Sa main s'avance ; il cherche , il veut saisir

Au sein des flots l'objet de son desir ,

Et déja même il le touche , il l'embrasse :

9.

Mais l'eau se trouble, et l'image s'efface....

« O nymphe, arrête... Elle fuit... Malheureux!

» Je la fais fuir par ma coupable audace !

» J'ai trop osé. Je vois, amant fougueux,

» Mes feux trahir l'intérêt de mes feux...

» Si cependant ma mémoire est fidèle ,

» Cette beauté , maintenant si cruelle,

» Par des regards peu différens des miens

» Semblait tantôt mieux répondre à mon zèle ;

» Et quand mes bras se sont portés vers elle ,

» Elle a vers moi paru lever les siens :

» Je les ai vus; d'une ardeur mutuelle

» J'ai vu son front et le mien s'approcher,

» Nos mains s'unir , nos lèvres se chercher :

» Elle m'aimait... Par quel caprice étrange

» Disparait-elle ? et d'où vient qu'elle change ? »

Il dit , et pleure... A la fin , le ruisseau,

En se calmant, ramène de nouveau

De sa beauté l'image fugitive.

« Reviens , dit-il , ô nymphe trop craintive ;

» Reviens, pardonne, et bannis tes frayeurs.

» Quoi ! dans tes yeux , où j'ai vu la tendresse ,

» Il reste encore une ombre de tristesse !

» Quoi ! je t'adore, et tu verses des pleurs ! »

    Écho surprise entendit ces paroles ;

Elle arrivait. Elle avait vu d'abord

Son jeune amant seul, à l'ombre des saules ;

Et, d'Adonis craignant pour lui le sort,

Elle accourait vers ce funeste bord :

Elle accourait, hélas ! pour le défendre ;

Mais, à ces mots, qu'elle a trop su comprendre,

Loin d'approcher, elle vole en courroux

Cacher sa honte et ses transports jaloux

Dans l'antre même où l'ingrat dut l'attendre.

Écho de là peut le voir et l'entendre.

Lui, sans la voir, suit une autre beauté.

Une autre, ô ciel ! efface de son ame

L'aimable objet de sa première flamme ;

De cet objet dont il fut enchanté,

Dans sa mémoire aucun trait n'est resté ;

Sa chère Écho n'est plus dans sa pensée ;

Il a perdu sur ce bord détesté

Tout souvenir de son ardeur passée ;

Pour lui cette onde est celle du Léthé.

Écho s'indigne ; une fureur égale
Contre Narcisse et contre sa rivale
Subitement s'allume dans son cœur :
Mais par degrés cette ardente fureur
Tombe , s'appaise , et ne laisse après elle
Que la tristesse et la douleur cruelle :
Ce cœur plus calme en sent mieux son malheur.
Tranquillement, sans détourner la vue ,
Long-temps elle ose observer avec soin
Son infidele ; elle ose être témoin ,
(Spectacle affreux! spectacle qui la tue!)
Témoin constant des gestes , des discours ,
Des trahisons de cet amant volage.
Mais, tendre Écho, plus il te fait d'outrage ,
Plus tu promets de l'adorer toujours.

Elle succombe à ses vives alarmes ;
Faible , abattue , elle verse des larmes :
L'Amour, vainqueur de ses ressentimens ,
Lui peint encor Narcisse plus aimable ;
Et, dans son cœur pardonnant au coupable,
Elle s'écrie : Accours, viens, je t'attends.
« Volons , dit-il , ma naïade m'appelle ,

« Elle m'attend au fond de ces roseaux....

» O doux espoir !... » En achevant ces mots,

D'un nouveau feu son regard étincelle,

Et sur la rive il dépose à la fois

Ses vêtemens, son arc et son carquois.

    Le front couvert d'une rougeur divine,

Écho le voit avec un œil confus ;

Écho l'admire. Aux trésors répandus

Sur le satin d'une peau blanche et fine,

On le prendrait pour le fils de Vénus.

Ainsi que lui, l'Amour est plein de charmes,

L'Amour est nu, l'Amour porte des armes :

Mais, disons vrai, Narcisse a par-dessus

Un avantage aux yeux de son amante ;

Car, après tout, cet Amour que l'on vante

N'est qu'un enfant, Narcisse ne l'est plus.

« Quoi ! ma rivale !.. Ah ! grands dieux !.. Ah ! perfide !

» Tu veux la suivre en sa grotte liquide !

» Je cours à toi... Je ne souffrirai pas... ».

Écho troublée, en désordre, éperdue,

Frappant son sein, meurtrissant ses appas,

Voulait courir... Une force inconnue

Soudain l'enchaine , un dieu retient ses pas.

Un dieu .... Que dis-je ? Implacable déesse ,

C'est toi , Junon , qui la poursuis sans cesse.

Pale , étonnée , elle sent ses cheveux

Avec horreur se dresser sur sa tête ;

Son sang glacé dans ses veines s'arrête.

Vers son Narcisse elle tournait les yeux :

Tournés vers lui , ses yeux sont immobiles.

Déja ses mains , son cou , ses pieds agiles ,

Avaient perdu le jeu de leurs ressorts :

Chaque moment endurcissait son corps ;

Froide , en un mot, livide , inanimée ,

Vous l'eussiez crue en marbre transformée...

Elle l'était. Le Destin toutefois

Laisse exister et son ame et sa voix.

Son ame libre , habitante légère

Des antres verds , des vallons et des bois,

A conservé son premier caractère.

Trop curieuse , elle avait écouté

Ce qui devait pour elle être un mystère ;

Trop indiscrète , elle avait répété

A son amant ce qu'il fallait lui taire :

Elle est encor ce qu'elle avait été,

Comme autrefois, curieuse, indiscrète;

Elle se cache, elle écoute et répète.

Tendre sur-tout, elle aima de tout temps

A répéter les soupirs des amans.

Sensible Écho, c'est pour nous que tu veilles;

Mais insensé qui t'apprend ses secrets !

Si les rochers ont toujours des oreilles,

A trop parler ils sont aussi tout prêts.

Non cependant qu'Écho rende jamais

Nos doux propos et nos plaintes entières;

Le Sort, vengeur des maux qu'elle avait faits,

L'a condamnée à rendre désormais

Des derniers mots les syllabes dernières.

　　Que faisais-tu, toi qu'elle a tant aimé ?

Pour ta chimère encor plus enflammé,

A la chercher déja tu te prépares;

Déja penché, prêt à quitter le bord,

Les bras ouverts... Arrête... tu t'égares,

Daigne un instant modérer ce transport;

Revois l'objet dont ton ame est éprise :

Baisse la vue... Il regarde... O surprise !

Tout le prestige est enfin dissipé.

   « Ah ! malheureux ! qu'ai-je vu ? c'est moi-même.

» Je m'abusais. Oui, c'est moi seul que j'aime !

» Je suis sans voile, et je suis détrompé...

» Je le suis trop. Quel triste jour m'éclaire !

» Dieux ennemis, qui m'ôtez mon erreur,

» Rendez-la moi, rendez-moi mon bonheur.

» Je veux encore, aveugle volontaire,

» M'abandonner à ma douce fureur :

» Je veux encor te parler, te sourire,

» O belle nymphe.... après toi je soupire.

» Mes vœux ardens... Mais qu'ai-je à demander ?

» Je suis à toi; j'ai ce que je desire.

» Que peut le ciel au-delà m'accorder ?

» Quel bien plus grand que de te posséder ?

» Ce bien pourtant est un mal sans remède.

» Narcisse est pauvre au milieu des trésors :

» Il les poursuit, et, malgré ses efforts,

» N'en jouit point, parce qu'il les possède.

» Pour en jouir, je sens avec effroi

» Qu'il me faudrait me séparer de moi.

» Mourons... Pourquoi ne peux-tu me survivre ?

» Au noir ciseau faut-il que je te livre ?...

» Mais de nos jours s'il tranche le fil d'or,

» Tu vas me suivre à la rive infernale;

» Et moi, penché sur la barque fatale,

» Dans l'eau du Styx je vais te voir encor...

» Ah ! c'en est fait : je sens que je succombe...

» Je m'affaiblis... je chancelle... je tombe. »

Il perd alors l'usage de ses sens :

L'herbe reçoit ses membres languissans.

Mais, au moment qu'il revient à lui-même,

Ses premiers soins sont pour l'ombre qu'il aime.

Il se regarde et méconnait son teint.

Son œil se voit, et se voit presque éteint.

A ses regards son front se décolore;

Il dépérit, consumé de douleur :

De sa beauté, dès sa première aurore,

Un vent brûlant a desséché la fleur.

Il en gémit. A cet aspect funeste,

Il lève au ciel et les yeux et les bras;

Et ramassant la force qui lui reste,

Hélas! dit-il. Écho redit, Hélas!

Ce long soupir, de colline en colline,

Est envoyé dans la plaine voisine,
Et retentit jusqu'à Tirésias.

Tirésias et tout le peuple en larmes
Allaient cherchant les amans fugitifs :
Mais, à ce bruit, ils redoublent d'alarmes,
Et, dirigés par ces accens plaintifs,
Vers le vallon hâtent leurs pas tardifs.

En peu d'instans, le vieillard même arrive.
Narcisse au loin, nu, couché sur la rive,
Frappe d'abord les regards étonnés.
On voit sa tête hors du bord avancée,
Sur le courant tristement abaissée,
Et ses cheveux aux vents abandonnés.

Nise et Chloris y courent avec zèle ;
Dircé les suit : Doris, plus vive qu'elle,
L'honneur des bois, la chasseuse Doris,
Passe de loin Dircé, Nise et Chloris.
Laure aux yeux noirs, et la blonde Glycère,
Et Célimène à la taille légère,
Volent ensemble. O belle Théano,
O tendre amie et compagne d'Écho,
En l'appelant tu cours à son Narcisse.

Écho voudrait, sensible à cet office,

Nommer ton nom : la nymphe, au lieu du tien,

En t'écoutant, ne redit que le sien.

Laissant enfin les autres en arrière,

Près du ruisseau tu parviens la première.

Tu vois Narcisse.... ou plutôt... justes dieux!

Narcisse était invisible à tes yeux.

« O mes amis, mes compagnes fidèles,

» Venez, cherchons : cet enfant merveilleux

» A disparu sans sortir de ces lieux. »

Chacun s'empresse, à ces tristes nouvelles;

Même aux plus lents l'ardeur donne des ailes :

On vient, on cherche au milieu des roseaux,

Et sur la rive, et jusqu'au fond des eaux;

De ce beau corps on ne voit nul vestige.

Mais tout-à-coup, par un autre prodige,

Du sein de l'herbe il sort avec éclat

Un bouton d'or sur une longue tige,

Bordé de fleurs d'un tissu délicat,

Feuilles d'argent, qu'un léger souffle abat;

Plante agréable, et de frele existence;

Enfant de Flore, à peu de jours borné,

Doux, languissant, symbole infortuné
De la froideur et de l'indifférence.

De toutes parts, le Narcisse nouveau
Croissait déja sur le bord du ruisseau.
En gémissant, les belles le cueillirent,
A leur côté le placèrent, et dirent :
« Que notre sein lui serve de tombeau ! »
Mais, ô douleur ! elles flairaient à peine
La fleur récente ; à peine, avec ardeur,
Leurs vifs époux que cet exemple entraîne,
Jaloux aussi d'en connaître l'odeur,
La respiraient d'une indiscrète haleine :
Tous, de Junon victimes à leur tour,
Dans la vapeur de ce jeune calice
Puisèrent l'ame et l'esprit de Narcisse,
Et l'amour-propre, et l'oubli de l'amour :
Tous, du poison sentant déja l'ivresse,
Cherchent sa source, et dans l'eau dont il sort
Vont à l'envi se contempler sans cesse ;
Le plus grand nombre y rencontre la mort.
Le reste (ainsi le voulait la déesse)
Survit, hélas ! pour un plus triste sort :

Vivre insensible est une mort cruelle,

Que chaque jour, chaque instant renouvelle.

N'avoir du moins de sensibilité

Que pour soi-même, et dédaigner les autres;

N'aimer enfin la grace, la beauté,

Les agrémens, qu'autant qu'ils sont les nôtres,

C'est être mort pour la société.

Tel fut ce peuple. Il changea de nature,

Et prit une ame indifférente et dure.

O nation trop digne de pitié !

Qu'est devenu ce sentiment intime

Par qui tout vit, qui fait l'homme, et l'anime ;

Qui, sous les noms d'amour et d'amitié,

Tenant chacun l'un à l'autre lié,

De l'univers est le moteur sublime ;

Ce sentiment qui, par de prompts ressorts,

Pour nos pareils excite nos transports,

Et hors de nous sait emporter nos ames ?

Déja ce feu n'élance plus ses flammes :

Trop concentré, loin de tendre au dehors,

En sens contraire il tourne ses efforts.

Tout votre amour se tourne vers vous-même...

Eh bien ! allez, contentez vos souhaits,
Connaissez-vous, admirez vos attraits.

Ils se livraient à ce plaisir suprême,
Et commençaient d'en jouir à longs traits,
Quand de Junon l'agile messagère
Glisse dans l'air sur une aile légère.
De ses couleurs le mélange éclatant
Brille à sa suite; il peint dans un instant
L'immensité des célestes campagnes,
Descend en arc au dessus des montagnes,
Touche les pins, les chênes, et paraît,
En l'éclairant, embraser la forêt.
Le ciel s'ébranle... Une voix trop connue,
La voix d'Écho, dans ce vallon secret
Se fait entendre, et répète à regret
Ces mots tonnans qui sortent de la nue :
Junon l'emporte, et Vénus est vaincue.

L'Amour, dès-lors, pour jamais disparut :
Tirésias de douleur en mourut;
Et ses enfans, dont sa douce sagesse
Avec bonté dirigea la jeunesse,
Ces cœurs ingrats, loin de donner des pleurs

A ce vieillard, qui, par trop de tendresse,
Finit ses jours en pleurant leurs malheurs,
L'abandonnant à son heure dernière,
Le laissent seul achever sa carrière,
Ne songent plus, le jour de son trépas,
Qu'à se parer de guirlandes nouvelles,
Qu'à relever avec soin leurs appas
Des ornemens, des secours délicats,
Que prête l'art aux graces naturelles.

Ce même esprit, cet insipide goût,
Par qui chacun, devenu son idole,
Et se compare et se préfère à tout,
Régna depuis dans cette isle frivole :
Et c'est de là (si l'on croit nos aïeux)
Que nos Français virent fondre chez eux
Ce tourbillon de ridicules etres
Qu'on a nommés coquettes, petits-maîtres ;
Narcisses vains, pour eux seuls prévenus ;
Paons orgueilleux, qui se rendent hommage,
Insolemment étalent leur plumage,
Et font la guerre aux oiseaux de Vénus.

Qui que tu sois, amant de ton image,

Toi qui, pour elle animé d'un beau feu,
La suis de l'œil, et la vois en tout lieu,
Caresse en paix cette image chérie,
Passe à ses pieds ta glorieuse vie;
Dans les miroirs, dans le plus fin crystal,
Cherche les traits qui ravissent ton ame,
Et ne crains pas qu'on traverse ta flamme :
Ce n'est pas moi qui serai ton rival.

FIN.

LE SOLEIL FIXE

AU MILIEU

DES PLANÈTES.

LE SOLEIL FIXE

AU MILIEU

DES PLANÈTES.

O D E.

L'HOMME a dit : Les cieux m'environnent,
Les cieux ne roulent que pour moi ;
De ces astres qui me couronnent
La Nature me fit le roi :
Pour moi seul le Soleil se lève,
Pour moi seul le Soleil achève
Son cercle éclatant dans les airs ;
Et je vois, souverain tranquille,
Sur son poids la Terre immobile
Au centre de cet univers (1).

(1) Système de Ptolomée.

Fier mortel, bannis ces fantômes,
Sur toi-même jette un coup d'œil.
Qui sommes-nous, faibles atômes,
Pour porter si loin notre orgueil?
Insensés! nous parlons en maîtres,
Nous qui dans l'océan des êtres
Nageons tristement confondus;
Nous dont l'existence légère,
Pareille à l'ombre passagère,
Commence, paraît, et n'est plus!

Mais quelles routes immortelles
Uranie entr'ouvre à mes yeux?
Déesse, est-ce toi qui m'appelles
Aux voûtes brillantes des cieux?
Je te suis... Mon ame agrandie,
S'élançant d'une aile hardie,
De la terre a quitté les bords:
De ton flambeau la clarté pure
Me guide au temple où la Nature
Cache ses augustes trésors.

O D E.

Grand dieu ! quel sublime spectacle
Confond mes sens, glace ma voix !
Où suis-je ? Quel nouveau miracle
De l'Olympe a changé les loix ?
Au loin, dans l'étendue immense,
Je contemple seul en silence
La marche du grand univers ;
Et, dans l'enceinte qu'il embrasse,
Mon œil surpris voit sur sa trace
Retourner les orbes divers (1).

Portés du couchant à l'aurore
Par un mouvement éternel,
Sur leur axe ils tournent encore
Dans les vastes plaines du ciel.
Quelle intelligence secrète
Règle en son cours chaque planète
Par d'imperceptibles ressorts ?
Le Soleil est-il le génie
Qui fait avec tant d'harmonie
Circuler les célestes corps ?

(1) Système de Copernic.

11

LE SOLEIL FIXE,

Au milieu d'un vaste fluide
Que la main du Dieu créateur
Versa dans l'abîme du vuide,
Cet astre unique est leur moteur.
Sur lui-même agité sans cesse,
Il emporte, il balance, il presse
L'éther et les orbes errans;
Sans cesse une force contraire,
De cette ondoyante matière
Vers lui repousse les torrens.

Ainsi se forment les orbites
Qui tracent ces globes connus :
Ainsi dans des bornes prescrites
Volent et Mercure et Vénus.
La Terre suit; Mars, moins rapide,
D'un air sombre s'avance et guide
Les pas tardifs de Jupiter;
Et son père, le vieux Saturne,
Roule à peine son char nocturne
Sur les bords glacés de l'éther.

Oui, notre sphère, épaisse masse,
Demande au Soleil ses présens.
A travers sa dure surface
Il darde ses feux bienfaisans.
Le jour voit en heures légères
Présenter les deux hémisphères
Tour à tour à ses doux rayons;
Et, sur les signes inclinée,
La Terre promenant l'année,
Produit des fleurs et des moissons.

Je te salue, ame du monde,
Sacré Soleil, astre de feu,
De tous les biens source féconde,
Soleil, image de mon Dieu !
Aux globes qui, dans leur carrière,
Rendent hommage à ta lumière,
Annonce Dieu par ta splendeur :
Règne à jamais sur ses ouvrages,
Triomphe, entretiens tous les âges
De son éternelle grandeur.

LE JUGEMENT

DE PÂRIS,

POÈME.

Par Imbert.

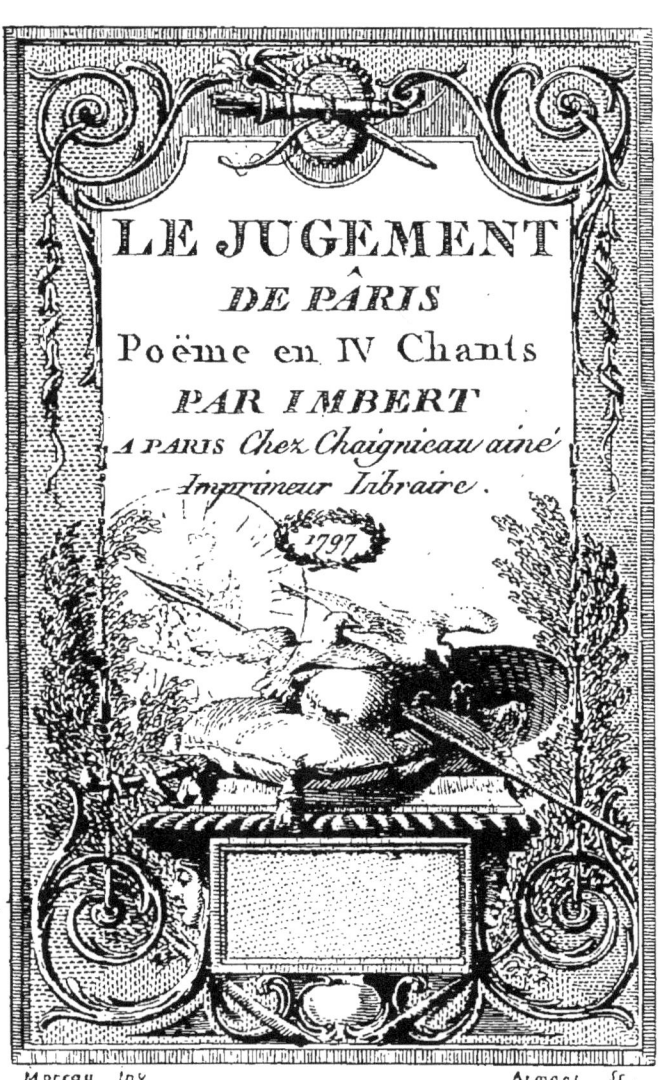

LE JUGEMENT
DE PÂRIS
Poëme en IV Chants
PAR IMBERT
A PARIS Chez Chaigneau aîné
Imprimeur Libraire.
1797

Moreau Inv.   Armant Sc.

AVERTISSEMENT.

On ne saurait se dissimuler le discrédit de la poésie. Soit que le siècle passé nous ait laissé trop d'excellens ouvrages en ce genre, soit que le siècle présent en produise trop de médiocres, le public ne lit presque plus les vers. Eh! pourquoi, me dira-t-on, lui en donner encore ? Croyez-vous trouver place dans le petit nombre d'auteurs privilégiés qui se font lire? On ne m'en croirait pas si je disais non. Un auteur a beau protester d'insouciance en matière de succès, il ne trouve que des incrédules : on croit entendre une coquette qui, le matin, tandis qu'on épuise sur elle toute la magie de la toilette, assure en minaudant qu'elle n'a nul dessein de plaire. Quiconque se fait imprimer cherche des lecteurs, comme tout prédicateur veut un auditoire.

Mais il est des esprits détracteurs nés de la poésie, ou qui le deviennent par système : je n'écris point pour eux, et je me contente de dire avec M. de Voltaire :

Qui n'aime point les vers a l'esprit sec et lourd.

La satiété du public n'est pas le seul obstacle, ni le moindre peut-être, que j'aie à vaincre. En faisant imprimer un poème sur le jugement de Pâris, je trouve le public prévenu et contre l'art et contre le genre de l'ouvrage, c'est-à-dire contre la mythologie. Mais pourquoi nous serait-il défendu d'y puiser aujourd'hui ? Parce que d'autres l'ont fait avant nous? Qu'importe, si cette mine n'est point épuisée ? Du neuf! du neuf! nous crie-t-on sans cesse. Oui, vous avez raison : mais ce n'est point par les noms et par des expressions de *mode* qu'il faut être neuf ; c'est par les choses et par la manière.

On demande pourquoi nous prétendons si fastueusement au génie : c'est que nous n'avons que de l'esprit. L'homme de génie ne s'en doute point ; il n'a pas besoin (si je puis m'exprimer ainsi) d'agiter ses ailes pour s'enlever, il se trouve porté où il doit aller. Il ne dit point, « Faisons un ouvrage de génie » : il travaille comme il sent ; et l'ouvrage fait, c'est du génie. Nous croyons aujourd'hui mériter ce titre en nous éloignant du *ton* de nos prédécesseurs;

il semble que nous craignions de leur ressembler. Eh! messieurs , ne nous tourmentons point, la postérité ne nous confondra point avec eux. Nous voulons être originaux , nous le sommes , et je crois que c'est tant pis pour nous.

Mais, en soutenant qu'on peut user de la mythologie, je suis forcé de convenir qu'on en abuse quelquefois. Quoi de plus fatigant que ces mythologistes éternels qui ne sauraient faire un pas sans traîner cinq ou six dieux à leur suite ? Ils ne permettraient pas à un prince de se marier sans que Jupiter l'eût écrit dans ses annales de fer ; il faut absolument que Minerve signe le contrat de mariage , et que le livre des Destins s'ouvre pour laisser lire la bonne aventure des époux. *O imitatores !* Élevons-nous, dussions-nous tomber; mais ne rampons jamais.

Je pense donc que, pour célébrer un événement de nos jours, on doit se passer de la grande mythologie; mais je la crois nécessaire, quand il s'agit d'un héros contemporain des fables, ou supposé tel. J'ajoute qu'on peut faire encore de précieuses découvertes dans le monde fabuleux, et qu'on ne doit pas faire un crime à un poète de le parcourir. L'histoire de Tirésias plaira encore après nous : c'est que l'auteur a su la rajeunir sans la défigurer, et qu'il l'a maniée avec beaucoup d'adresse (1).

(1) M. de Malfilatre, qu'une mort prématurée nous a ravi, donnait dans son *Narcisse* les plus grandes espérances. On ne peut certainement pas nier qu'il ne soit verbeux et négligé; qu'il ne

Le jugement de Pâris n'aurait jamais
pu fournir quatre chants : aussi trou-
vera-t-on le fait bien altéré dans cet
ouvrage, et, j'ose dire, rajeuni par la
manière dont il est traité. J'ai usé des
droits de la poésie, en transportant à la
cour le jeune Pâris, qui, selon la fable,
était encore berger lors de ce fameux
jugement. Pâris est le petit-maître de
l'antiquité; c'est le seul homme qu'elle
nous ait dépeint capable du rôle que je
lui fais jouer. S'il paraît quelquefois un

se dispense trop souvent de cet heureux mélange
de rimes qui flatte si délicieusement l'oreille :
mais il faut convenir aussi qu'on trouve dans son
ouvrage un goût sain, de la facilité, de l'abondance, beaucoup de finesse, des naïvetés dignes
de la Fontaine, et une profonde connaissance des
anciens.

peu *francisé*, le lecteur n'a qu'à s'imaginer que j'ai voulu peindre la manière dont ce vieux procès serait jugé par un juge moderne ; et, s'il faut absolument qu'un auteur ait un but moral, voilà le mien.

Comme je ne suis que trop certain de donner prise à la censure par bien des côtés, je dois me garantir au moins d'un reproche de plagiat, qu'on serait en droit de me faire, *page* 185, où je fais chanter ces vers :

> Jeunes cœurs, laissez-vous charmer ;
> L'Amour vous invite à le suivre :
> Aimer, c'est commencer à vivre ;
> On meurt, quand on cesse d'aimer.

Le poème était déja imprimé, lorsqu'un de mes amis me rapporta ces vers de Quinault :

12

Que l'Amour est doux à suivre !
Quel plaisir de s'enflammer !
Un jeune cœur ne commence de vivre
Que du moment qu'il commence d'aimer.

Malheureux qui se délivre
D'un tourment qui sait charmer !
On reconnaît que l'on cesse de vivre
Dès le moment que l'on cesse d'aimer.

Il n'était plus temps de supprimer les miens : j'ai cru devoir en rendre compte, en attendant que je puisse les restituer tout-à-fait à Quinault, puisqu'il est vrai qu'en poésie une pensée appartient à celui qui l'a trouvée le premier.

P Â R I S.

Moreau. inv.   L. Duvel. Sc.

LE JUGEMENT
DE PÂRIS.

CHANT PREMIER.

Dis aux mortels, Muse, par quel ressort
A la plus belle échut enfin la pomme,
Quand on soumit, par un arrêt du Sort,
Trois déités au tribunal d'un homme.
La Renommée, au terrestre séjour,
De ce débat garde encor la mémoire :
Nul avant moi n'en a connu l'histoire ;
Et je la chante, inspiré par l'Amour.

Parmi ses fils, sur le troyen rivage,
Le bon Priam, père de ses sujets,
Voyait Pâris, charmant, jeune et volage,
Couler ses jours dans le sein de la paix,
Les dépenser en amoureux projets,
Et se livrer aux erreurs du bel âge.

12.

Par les talens il ornait sa beauté,
De Terpsichore il avait la souplesse,
D'un pied liant glissait avec mollesse,
Ou voltigeait avec légèreté.
Souvent l'écho se plaisait à redire
De ses chansons le tour harmonieux,
Et sous ses doigts il animait la lyre
Qui soupirait des sons voluptueux.

Toujours heureux et toujours infidèle,
On le voyait voler de belle en belle ;
Impétueux et tendre tour-à-tour,
Il enchaînait la prude et la coquette ;
Insecte ailé, papillon de toilette,
Il possédait la chronique du jour,
Savait à fond la mode et l'étiquette :
Vif, enjoué, fertile en jolis riens,
Jamais savant, craignant de le paraître,
Bref il était, à la cour des Troyens,
Ce qu'on appelle en France un petit-maître.

Loin des Gémeaux, le Cancer emporté
Touchait alors au bout de sa carrière :
L'ardent Lion se dresse avec fierté ;

En rugissant il franchit la barrière
Où frémissait son orgueil irrité,
Et, secouant son épaisse crinière,
Vient ranimer les fureurs de l'Été.
L'Été, jaloux de ce rival d'Hercule,
De tous ses feux arme la Canicule,
Guide sa marche ; et, la flamme à la main,
Tel qu'un géant, il franchit les montagnes :
Ses pieds brûlans ont flétri les campagnes,
Et de Cybèle il embrase le sein.

    Tandis qu'ainsi desséchant la verdure,
Ce dieu cruel afflige la Nature,
L'ingrat Páris ose attrister l'Amour.
De cent beautés dédaignant le murmure,
Il se réveille avant le dieu du jour,
Prend d'un chasseur et l'habit et l'armure,
Et pour les bois veut déserter la cour.
Est-ce caprice ? est-ce humeur vengeresse ?
Le dieu d'amour ne m'en a rien appris :
Mais l'on a vu plus d'une fois Páris
Dans les forêts signaler son adresse.
De ses limiers le chœur est averti,

On les assemble , il se met à leur tête.

Dormez, époux ; il part, rien ne l'arrête. ·

Pleurez, Amours , pleurez ; il est parti.

Vers le Scamandre, orgueilleux, il s'avance :

Sur ses habits la superbe opulence

N'étalait point un faste éblouissant :

Mais, plus modeste et non moins séduisant,

L'art avait pris un air de négligence ;

Sa chevelure, en longs anneaux flottans,

Sur son carquois tombe avec nonchalance ,

Et s'abandonne au caprice des vents.

Tel , et moins beau , vers la forêt prochaine,

Jeune Adonis , tu dirigeais tes pas ,

Quand de Paphos l'aimable souveraine

Quitta les cieux pour voler dans tes bras.

Ce prince , hier les délices de Troie ,

Est devenu la terreur des forets ;

De l'œil à peine il a guidé ses traits ,

Que le trépas vole et fond sur sa proie.

A ses regards rien n'échappe aujourd'hui ,

Il est par-tout : tantôt le trait rapide

Fuit dans les airs , cherche l'oiseau timide ,

L'atteint, le perce, et retombe avec lui ;
Tantôt le cerf, de bruyère en bruyère,
Mélant toujours ses larmes à son sang,
Secoue en vain la flèche meurtrière
Qu'avec la mort il porte dans le flanc.

Mais c'en est fait ; lassé d'un long carnage,
Pâris s'arrête, il suspend ses travaux :
Un chêne antique, et vainqueur de l'orage,
Voit à ses pieds tomber notre héros,
Et son vieux tronc le soutient et l'ombrage.
Tandis qu'assis, et respirant enfin,
Le jeune prince, ivre de sa victoire,
Avec son arc, instrument de sa gloire,
Soulève, agile et compte son butin,
A son oreille arrive un doux murmure,
Tel que le bruit d'un tremble vacillant ;
Il tend son arc ; son œil étincelant
Cherche sa proie, et reconnaît Mercure.
« Rassure-toi, dit l'envoyé des cieux;
» Prince, le Sort à ce glorieux titre
» En joint un autre encor plus glorieux :
» Par mon organe, on te nomme l'arbitre

» Du différend qui partage les dieux.

  » Écoute, apprends la bizarre naissance
» De nos débats, et décide entre nous.
» Long-temps Thétis avec indifférence
» Vit, tu le sais, Pélée à ses genoux :
» Pélée enfin, par sa persévérance,
» Amant chéri, devient heureux époux.
» Par une fête avec pompe ordonnée,
» Des vastes mers le despote orgueilleux,
» Voulant fêter cet heureux hyménée,
» Dans son palais rassembla tous les dieux,
» Hors la Discorde, Euménide céleste,
» Qui ne jouit qu'en immolant la paix,
» Monstre hideux dont l'haleine funeste
» Souffle par-tout la rage et les forfaits.
» Mais tout-à-coup la farouche déesse,
» Pour se venger de ce cruel mépris,
» Vole au banquet, et d'un malin souris
» Accompagnant sa perfide largesse,
» Lance une pomme, avec ces mots écrits :
» *A la plus belle.* O pomme trop fatale !
» Les doigts y sont à peine reposés,

» Que la vapeur du venin qu'elle exhale

» Trouble soudain les esprits divisés.

» Dans tous les yeux la fureur étincelle ;

» Chaque déesse a demandé le prix :

» Il est à moi, voyez, *à la plus belle.*

» On se partage, et bientôt, à grands cris ;

» Chaque immortel protège une immortelle.

» L'un voit la pomme, et l'arrête en volant ;

» Une autre main, plus agile ou plus forte,

» Saisit le fruit, qu'une troisième emporte,

» Pour le reperdre ; et, toujours circulant,

» De main en main la pomme va roulant.

» On voit déja les tables renversées,

» Et de Thétis les roses dispersées

» Nagent au sein du nectar ruisselant.

 » Le roi des cieux au milieu d'eux s'élance,

» Parle et s'écrie : Arrêtez. A sa voix,

» Parmi les dieux descendent à la fois

» Et la terreur et le morne silence.

» L'air s'est purgé du venin répandu,

» La paix renaît, et la troupe éclairée

» Exclut, choisit ; nul arrêt n'est rendu :

» Entre Junon, Pallas et Cythérée,

» Le choix enfin demeure suspendu.

» Quand Jupiter : Ma volonté suprême,

» Pourrait, dit-il, nommer l'une des trois ;

» Mais, immortels, dois-je donner ma voix

» Contre une épouse ou deux filles que j'aime ?

» Pour prononcer avec plus d'équité,

» Portons la cause au tribunal d'un homme.

» On applaudit, et je suis député

» Pour consigner cette fatale pomme,

» Et te nommer juge de la beauté. »

    Du choix des dieux ton orgueil est flatté,

Jeune Páris !... mais condamner deux belles !

A ce penser, il est épouvanté : --

Qui ? moi, mortel, juger trois immortelles ! --

« Tel est du Sort l'immuable décret,

» Reprit le dieu. Que ton cœur se rassure :

» Dans ce réduit, loin de l'œil indiscret,

» Nos déités, sans plainte, sans murmure,

» Vont de ta bouche entendre leur arrêt.

» On les soumet à ton pouvoir suprême ;

» D'après toi seul, juge, prononce enfin :

» Ton jugement, respecté des dieux même,
» Sera pour eux l'oracle du destin. »

Le dieu se tait : cette verge où s'enlace
De deux serpens le corps mystérieux
Frappe le prince ; il en frémit ; ses yeux
S'arment soudain d'une nouvelle audace ,
Et l'immortel est déja dans les cieux.

Mais tout-à-coup l'amant de la Nature ,
Zéphyr, s'éveille ; et, des airs qu'il épure,
Chassant bientôt l'Été morne et brûlant,
Avec son aile il sème la verdure
Sur la forêt qu'il tapisse en volant.
Des arbres verds déja l'ombre incertaine
Fond sur Páris, et s'étend vers la plaine :
L'ambre plus pur exhale ses odeurs ,
Un gazon frais couvre la terre ardente ,
Et fait jaillir une moisson de fleurs
Pour nuancer sa robe verdoyante.
Des fruits vermeils chargent le grenadier ,
Sur les buissons la rose se balance ;
Et l'oranger, fier de son opulence ,
Mêle son or à l'or du citronnier.

La violette ici brille dans l'herbe ;
A ses côtés, sur un arbre voisin
La vigne monte, et court, vaine et superbe,
Près du cédrat suspendre le raisin.

Que ce prodige anime ton courage,
Heureux mortel ; lève, lève les yeux :
Les déités qui briguent ton suffrage
Vont déserter leurs palais orgueilleux
Pour embellir ce charmant paysage.

L'Olympe s'ouvre ; et, prenant son essor
Vers la forêt qui pare la Phrygie,
Ce grouppe, assis sur un nuage d'or,
Remplit les airs d'une odeur d'ambroisie.
Sur son passage il a semé la vie ;
Tout s'embellit, s'enflamme tour-à-tour :
Le peuple ailé se caresse alentour ;
Et, ranimant sa douce mélodie,
Il chante en chœur le Printemps et l'Amour.
La nue enfin, s'abaissant sur la terre,
Rend le dépôt confié par les dieux,
Livre aux Zéphyrs son orbe radieux,
Et va se perdre au séjour du tonnerre.

Autour de soi notre juge étonné
Voit vaciller des ombres plus épaisses;
Et le feuillage, en voûte façonné,
D'un demi-jour éclaire les déesses.

Chaque rivale, au fond de son palais,
Tandis qu'au prince on députait Mercure,
Avait déja, pour orner ses attraits,
De la toilette épuisé l'imposture:
Aux déités elle ne messied pas.
L'art est un dieu qu'au ciel même on implore:
On le chérit, quand on est sans appas;
Quand on est belle, on le chérit encore.

Junon parait; fastueuse beauté,
Qui s'embellit d'une grace nouvelle:
Le diamant, dans l'or pur incrusté,
Mêle ses feux à la pourpre immortelle.
Sa noble écharpe, à replis onduleux,
Ceint la déesse, et retombe avec grace;
Divin tissu, dont la splendeur efface
Le coloris de cet arc lumineux
Qui peint la nue et les airs qu'il embrasse.
Reine superbe, elle a le front paré

D'un diadéme où l'éclat d'un or pâle
Ranime un fond tendrement azuré,
Et dans ses mains brille un sceptre d'opale.

Pallas, ornée avec simplicité,
N'est pas moins belle avec moins d'opulence.
Dans ses regards une douce fierté,
Dans sa parure une sage élégance,
Balancent bien, Junon, ta majesté.
Un voile blanc, monument de sa gloire,
Sert ses attraits en marquant sa pudeur:
Voile charmant, où, d'un doigt créateur,
De son triomphe elle traça l'histoire;
L'œil étonné voit sa lance d'airain
Frapper la terre avec un long murmure;
Et l'olivier, qui jaillit de son sein,
Agite encor sa bruyante verdure.
A son oreille on suspendit en nœuds
Des boucles d'or errantes et captives;
Et des brillans, d'un verd faible et douteux,
Ceignent son front, façonnés en olives.

Sous ses habits, avec art négligés,
Vénus paraît dédaigner l'artifice;

Les fleurs, le myrte, ornent l'humble édifice
De ses cheveux en boucles partagés.
L'une des sœurs qui veillent auprès d'elle
(C'est Aglaé), d'abord après le bain,
Sous le tissu d'une gaze infidèle,
Avait caché les trésors de son sein :
Mais des odeurs l'essence la plus pure
Avait déja parfumé ses atours,
Quand on plaça la divine ceinture
Qui sert d'asyle et de trône aux Amours.
Parmi les plis de ce magique ouvrage,
Erre toujours un essaim de plaisirs,
Les doux attraits et les ardens desirs,
Les ris, les jeux, le charmant badinage,
Les vœux secrets, les détours innocens,
Le feint courroux, et les agaceries;
Piéges adroits, qui surprennent les sens,
Et livrent l'ame aux douces rêveries.

   « Eh bien! dit-elle en regardant Pâris,
» Pour nous juger puisque le ciel te nomme,
» Que la plus belle obtienne enfin le prix;
» Jeune Troyen, prononce : à qui la pomme? »

Páris (un dieu vient de le rassurer),
Tranquille et fier, les voit d'un œil avide :
A ses élus Amour sait inspirer
Auprès du sexe une audace intrépide.
Mais ses beaux yeux, parcourant leurs attraits,
Sont éblouis, et le choix l'embarrasse ;
Juge galant, il sourit avec grace ,
Et par ces mots excuse ses délais :

« Pourquoi, jugeant trois beautés immortelles,
» N'ai-je en ce jour qu'une pomme à donner ?
» Funeste prix qu'on ne peut décerner
» Sans être encore injuste envers deux belles !
» Dans nos jardins , Zéphyr sollicité
» Par la fraîcheur de trois roses nouvelles ,
» Sœurs du même âge , égales en beauté ,
» Zéphyr balance, et voltige autour d'elles :
» Chacune a droit de fixer son amour.
» En vain ce dieu veut en adopter une :
» Séduit sans cesse, il choisit tour-à-tour
» Chaque rivale , et n'en choisit aucune.
» Comme ces fleurs, vous charmez toutes trois ;
» Comme Zéphyr, je ne puis faire un choix.

» O déités, l'une des trois, sans doute,

» L'une des trois brille de plus d'appas;

» Mais pardonnez, votre juge redoute

» De prononcer sur ce qu'il ne voit pas.

» Des yeux, un teint (j'en appelle à vous même),

» Forment-ils seuls un objet accompli?

» D'autres appas il doit être embelli;

» D'un tout parfait naît la beauté suprême.

» Sous les atours qu'emprunte la grandeur,

» Quoi! vous cachez cet heureux assemblage?

» Quand le soleil veut montrer sa splendeur,

» Emprunte-t-il le voile d'un nuage ?

» Ah ! que la gloire enchaîne la pudeur.

» Vains ornemens, inutile imposture,

» Disparaissez : la seule nudité

» Fut, en naissant, le fard de la beauté;

» Mais la laideur inventa la parure. »

    Ce dernier mot est à peine entendu,

Pallas déja renonce à la victoire,

Et de Junon l'orgueil est confondu :

Reine des cieux, Junon craint pour sa gloire ;

Pallas croirait immoler sa vertu.

Vénus rougit et garde le silence,
Desire et craint, se consulte, balance,
Rougit encore; et, cédant à la fin,
Elle décerne, avec un ris malin,
A leur pudeur le titre de prudence.
Cette pudeur hésite vainement;
Je la vaincrai, dit le prince en lui-même.
A leurs regards il échappe un moment,
Et cette fuite est un sûr stratagème.
La solitude, hélas! pour la pudeur
Est trop souvent un piége bien perfide:
Elle combat sous l'œil du spectateur,
Loin des témoins elle est faible et timide.

P À R I S.

Moreau inv.

L Duval Sc

LE JUGEMENT
DE PÀRIS.

CHANT SECOND.

L'ESPOIR enfin d'un prix si glorieux,
Et de Vénus le sourire perfide,
Changent Minerve et la reine des dieux;
L'humble Pudeur rougit, baisse les yeux,
Voile son front, et, d'une aile rapide,
En soupirant s'exile dans les cieux.
Il n'est vertus, plaisirs, que tu n'effaces,
Tyran du sexe, orgueil de la beauté!
Vénus desire, elle ordonne, et les Graces
Viennent aider à la timidité:
Sur les gazons, voile, écharpe, ceinture,
Tout vole au loin, confusément épars.
Déja Pàris sous le dais de verdure
Rentre; et soudain, en proie à ses regards,
Mille trésors.... Amour, sois-moi fidèle,

Viens sur mes sens agiter ton flambeau;
Sans toi, le peintre, aux pieds de son modèle,
Laisse tomber et palette et pinceau.
De tant d'appas les Naïades charmées
Quittent leur grotte assise au fond des eaux;
Du Simoïs, couronné de roseaux,
L'urne s'épanche en ondes enflammées.
Faunes, Sylvains, font gémir les échos;
De tes concerts quand déja tout résonne,
Pan, sous tes doigts s'échappent tes pipeaux;
Et la Dryade, hôtesse des ormeaux,
Brise l'écorce où le Sort l'emprisonne.
Orphée un jour vit fleuve, arbre, cité,
Tout s'animer aux accords de sa lyre:
Sans ses accords tout s'anime et respire,
Tout semble voir et sentir la beauté.

Quand la forèt, par un charme invincible,
S'émeut au loin, seul muet en ces lieux
Pour trop sentir, Páris est insensible;
Toute son ame a passé dans ses yeux.
Prèt à juger, il se trouble, il balance;
Ce que son œil ne voyait point assez,

Il le voit trop, et s'égare en silence
Sur tant d'appas l'un par l'autre effacés.

Là, se jouant sur deux globes d'albâtre,
De blonds cheveux sollicitent Páris;
Un pied léger, dont il est idolâtre,
Ici l'attire, et dispute le prix;
Il abandonne une bouche mi-close
Pour deux bras ronds par l'Amour embellis;
Ses yeux, charmés de la blancheur du lys,
Errent distraits par un bouton de rose.
Veut-il nombrer ces charmes ravissans,
Un fin souris lui lance un trait de flamme;
Si des yeux vifs ont allumé ses sens,
Un doux regard touche, attendrit son ame.
Plus loin sa vue, errante sur l'émail
D'un cou nué de veines transparentes,
Va se poser sur des perles brillantes
Qu'on voit à peine à travers le corail.

Des feux subtils, courant de veine en veine,
Brûlent Páris; une vapeur soudaine
Cache vos traits à ses regards jaloux,
O déités; il tombe à vos genoux,

Ivre d'amour, et respirant à peine :

« Eh ! qu'ai-je fait, téméraire Troyen !

» J'ose, dit-il, j'ose demander grace.

» J'avais voulu bien voir pour juger bien :

» En m'exauçant, on punit mon audace ;

» De tant d'éclat mes yeux sont éblouis.

» Ah ! s'il se peut, souffrez que je respire ,

» Que de mes sens je reprenne l'empire ,

» Et la plus belle emportera le prix. »

  Près d'un vallon qu'arrose une onde pure,

Un vieux palais, de noble architecture ,

Régnait au loin ; on voyait à ses piés

De frais berceaux, des jardins émaillés ,

Où l'art brillait sans cacher la nature.

L'air était sain, le jour pur, et toujours

Du bon Priam la compagne docile

Y déposait les fruits de leurs amours.

Elle y sauva leur enfance débile

De l'air impur qu'on respire à la ville ,

Et du poison qu'on verse dans les cours.

Avec orgueil cette reine était mère :

On l'y voyait, sous de simples atours ,

Les abreuver de son lait salutaire :

« Dieux, disait-elle, ah ! comblez mes desirs :

» Je veux , je dois les chérir, les voir craître.

» On devient mère , hélas ! par les plaisirs ;

» Par l'amour seul on est digne de l'etre. »

Tout fleurissait dans ce lieu révéré :

Loin des flatteurs Pâris y prit naissance ;

Il l'embellit , et par reconnaissance

En fit un temple aux Amours consacré.

Là , quand , le soir, charmé de son adresse ,

Il avait fui les bois ensanglantés ,

Brisant ses traits aux pieds de sa maîtresse ,

Il s'endormait au sein des voluptés.

    C'est dans ces murs que le prince lui-même

De ce procès doit terminer le cours ;

Pâris commande en arbitre suprême ,

Et chaque belle a repris ses atours.

Pour les juger, au lever de l'aurore ,

Vers son palais il dirige leurs pas ,

Et, toujours prêt à s'excuser encore ,

De ses délais accuse leurs appas.

Sages mortels, vous que Thémis éclaire ,

Sur de tels faits s'il fallait s'énoncer,
Hâteriez-vous un décret téméraire ?
Je crois vous voir, fiers de ce ministère,
Près de finir, cent fois recommencer,
Revoir encor, comparer, balancer,
Et, peu contens d'un examen sévère,
Y revenir avant de prononcer.

Des songes vains la fatale courière,
Qui, triste et sombre, abhorrant la lumière,
N'allume au ciel que de pâles flambeaux,
La Nuit enfin sur la Nature entière
Allait tirer ses funèbres rideaux ;
Le beau Troyen voit son palais champêtre,
Et chaque belle y parvient sur ses pas.
Vingt Phrygiens, au signal de leur maître,
Dressent bientôt un splendide repas :
Mais vainement il brille devant elles ;
Ces divers sucs, pour nous si délicats,
Irritent peu le goût des immortelles.
Tous nos festins, enrichis de ces mets
Qu'avec tant d'art le luxe multiplie,
Eh ! que sont-ils près des divins banquets

Où le nectar se mêle à l'ambroisie !
Páris enfin jure qu'à son réveil
On entendra la sentence suprême :
On se sépare ; il les guide lui-même,
Et, malgré soi, les invite au sommeil.

Bientôt, hélas ! dans son lit solitaire,
En vain lui-même implore le Repos ;
Ce dieu s'enfuit comme une ombre légère,
Et sur son aile emporte ses pavots.
De tant d'attraits l'image renaissante
Agite encor tous ses sens éperdus :
Páris, lassé de ses vœux superflus,
Se roule en vain sur sa couche brûlante ;
Par ses efforts il s'enflamme encor plus.

L'infortuné, si peu digne de l'etre,
Revient enfin de son étonnement ;
Avec le jour Páris semble renaitre ;
La vanité succède au sentiment.
Le croira-t-on, le projet où s'arrête
Son jeune orgueil, qu'il se plait à nourrir ?
Homme superbe, il prétend conquérir
Les déités dont il est la conquète.

D'autres mortels, par l'Amour seul connus,
L'avaient osé : se peut-il qu'il échoue?
Páris enfin, qui ne balance plus,
Voit Adonis dans les bras de Vénus,
Et ne voit pas Ixion sur sa roue.
« Qui? moi, dit-il, l'idole d'Ilion!
» Qui? moi, sécher et languir dans les larmes!
» Ah! loin d'ici, trop frivoles alarmes!
» Espérons tout; au jeune Endymion
» Diane même abandonne ses charmes.
» Divinités, comme lui je suis roi,
» Et comme vous Diane est immortelle.
» Par ses appas l'emporte-t-il sur moi?
» Par vos vertus l'emportez-vous sur elle?
» L'une de vous doit éteindre en ce jour
» De mes desirs la flamme involontaire :
» Serais-je ici l'esclave de l'Amour,
» Tandis qu'ailleurs il est mon tributaire? »
Il dit, s'élance : on accourt à sa voix;
Plus d'une esclave à la taille légère
Vient en riant lui demander des loix,
Et de son art offrir le ministère.

Cet art, fécond en ornemens divers,
Pare déja sa beauté renaissante ;
D'or et d'azur sa robe étincelante
Charme la vue en parfumant les airs,
Et sur l'émail d'une glace éloquente
Il laisse errer ses yeux à peine ouverts.

Quand sur son front la santé moins vermeille,
Quand de la nuit les songes désastreux,
L'ennui du jour, ou les soins de la veille,
Avaient éteint ses regards amoureux,
A son réveil ses nymphes attentives,
Par des récits voluptueux, galans,
Rendaient la vie à ses appas mourans,
Et rappelaient les graces fugitives.
Dans son regard inquiet, agité,
De la tristesse on a cru voir la trace.
En le parant, Næris, jeune beauté ,
Rompt le silence, et marie avec grace
Le ton naïf à la malignité.

« Il faut, seigneur, que ma bouche indiscrète
» Ici révèle un mystère d'amour,
» Lui dit Næris; la sœur du dieu du jour,

» Diane, en fut l'héroïne secrète.

» Diane ! eh quoi ! la vierge des forêts !

» Ah ! c'est, sans doute, une vaine imposture.

» Phymas pourtant m'a conté l'aventure ;

» Et ce devin, seigneur, ne ment jamais.

   » Au sein des bois, nuit et jour égarée,

» Diane aux daims, à la biche éplorée

» Faisait la guerre. Elle vit sans amant ;

» Et si l'Amour n'abrège leur durée,

» Les jours, dit-on, coulent bien lentement,

» Les nuits sur-tout ! Elle errait tristement,

» D'ardens limiers et d'ennuis entourée.

» D'un pied léger, plus prompt que les éclairs,

» La belle un jour suivait un cerf rapide ;

» Vers un taillis une flèche homicide

» Vole, et soudain un cri frappe les airs.

» Diane accourt. Au sein de l'herbe épaisse,

» Paraît Zilas, le bras percé d'un trait ;

» Ce beau pasteur, brûlant d'un feu secret,

» Suivait par-tout la farouche déesse.

» Tant de beauté, son âge et ses douleurs,

» Touchent Diane : Eh ! qu'ai-je fait ? dit-elle.

» A cette voix, oubliant ses malheurs,

» Il se relève, et, l'œil mouillé de pleurs,

» Sourit encore en voyant l'immortelle.

» Diane exprime, avec la fleur nouvelle,

» Des végétaux les sucs régénérans :

» Je sens, dit-il, ô déesse, ah! je sens

» Une blessure, hélas! bien plus cruelle.

» Phœbé, distraite, à ce doux entretien

» Ferme l'oreille, achève son ouvrage.

» D'un tendre aveu pour effacer l'outrage,

» Chez une prude il est plus d'un moyen;

» Se courroucer, ou n'y comprendre rien :

» N'y rien comprendre est toujours le plus sage.

» Le jour renaît, Phœbé cherche Zilas :

» Pour n'aimer point, on n'est pas inhumaine.

» Près du berger, pour soulager sa peine,

» Si la pitié d'abord guida ses pas,

» Sans doute encor la pitié la ramène.

» Mais le berger commence à s'enhardir :

» Mieux qu'elle instruit du mal qui le possède,

» Bientôt lui-même il prescrit le remède ;

» Un seul baiser, un seul, peut le guérir.

» A ce discours, Diane plus sévère

» Rougit, pâlit, et demeure sans voix,

» Court aussitôt dans l'épaisseur du bois

» Ensevelir sa honte et sa colère,

» Et voit le jour naître et mourir deux fois

» Sans visiter le berger téméraire.

» Mais les remords se glissent dans son cœur :

» Dois-je le fuir? dois-je le voir? dit-elle.

» Ah! si lui-même, irritant sa douleur,

» Rendait enfin sa blessure mortelle ?

» Elle revient. Quoi ! même avant le jour !

» Cette pitié, si je sais comme on aime,

» Me paraît bien ressembler à l'amour,

» Si toutefois ce n'est l'amour lui-même.

» Le berger seul, attendant le trépas,

» Faible et tremblant a revu la déesse :

» Elle soupire. Eh ! qui pourrait, hélas !

» Le voir mourant, et rester sans faiblesse ?

» Un doux baiser est cueilli par Zilas.

 » On se sépare, et la deuxième aurore

» Près du berger trouve Diane encore.

» De la fraîcheur qui vient me colorer,

» Lui dit Zilas, soyez moins étonnée ;

» Les sucs des fleurs ne me l'ont point donnée,

» Vos végétaux me laissaient expirer.

» O déité, ma guérison soudaine,

» Je ne la dois qu'à ce charmant baiser,

» Au baiser seul ; je le cueillais à peine ;

» Que j'ai senti mes douleurs s'appaiser.

   » Pour raffermir sa force encor débile,

» Nouveau baiser demandé, pris soudain.

» De jour en jour le remède est facile ;

» De jour en jour notre berger malin,

» Plus exigeant, la revoit plus docile.

» Il craint sans cesse ; il faut, à chaque instant,

» Ou réprimer une douleur nouvelle,

» Ou rassurer sa santé qui chancelle,

» Ou le guérir d'un doute renaissant.

» Toujours l'effroi qu'à Diane il oppose

» Sert à propos son amoureux dessein,

» Et tour-à-tour sa bouche se repose

» Sur deux beaux yeux, sur deux lèvres de rose ;

» Plus bas encor, si j'en crois le devin.

» On ne sait point quelle heureuse aventure

» Survint alors, et resserra leurs nœuds ;
» Mais, dès ce jour, fille de la Nature,
» L'Égalité s'assit au milieu d'eux. »
  Ainsi Næris de ce prince volage,
Sans le savoir, devinait les secrets ;
Sans le savoir, enflammait son courage.
Il croit déja qu'il commande au succès ;
Que ce récit, conforme à ses projets,
De son bonheur est un nouveau présage.
Mais la toilette, au gré de ses desirs,
Semble avancer d'une lenteur extrême,
Et, de ses mains l'accélérant lui-même,
Il croit hâter l'instant de ses plaisirs.
Sans dépouiller leur grace naturelle,
Ses blonds cheveux se bouclent sous ses doigts.
Ainsi paré, le prince est à la fois
De la beauté le juge et le modèle.
  Faibles humains, quand l'Amour est vainqueur,
Notre sagesse est bien près de se rendre !
Le beau Troyen, quand son œil vit descendre
Des trois beautés le grouppe séducteur,
Craignant déja, juge facile et tendre,

Que par l'oreille on ne surprit son cœur,
Voulait d'abord juger sans les entendre :
Bientôt, hélas ! loin de les éviter,
Il les appelle ; on court, chaque déesse
Veut de son juge éblouir la sagesse :
Ainsi naquit l'art de solliciter.

P Â R I S.

P. C. III.

Moreau inv.

L. Duval. Sc.

LE JUGEMENT

DE PÀRIS.

CHANT TROISIÈME.

Un belveder d'élégante structure,
D'où l'œil, perdu dans un vaste lointain,
Suit vingt ruisseaux dont le cours incertain
De flots d'argent traverse la verdure,
Est le théâtre où le jeune Pàris,
Sollicité par la troupe immortelle,
A la plus tendre accordera le prix
Que le Destin promit à la plus belle.
Dans ce réduit, que ses mains ont orné,
Il déposait les fastes de sa gloire;
Sur une toile il avait dessiné,
L'aiguille en main, son amoureuse histoire;
Tableau nombreux qu'envirait Arachné.
De cent beautés c'est la vivante image :
Le beau Troyen jouit dans son ouvrage,

15.

Qui par les yeux éveille ses desirs ;
Son ame alors, reculant sur son âge,
Dans le passé trouve encor des plaisirs.
A cet aspect, sa fierté rassurée
L'encourageait à des exploits nouveaux,
Quand, devançant Minerve et Cythérée,
Junon paraît, et lui parle en ces mots :
« Eh quoi ! mortel, ta prudence étonnée
» Balance encore, et ne prononce pas !
» Crois-moi, Paris., la pomme fut donnée,
» Quand Jupiter, épris de mes appas,
» M'offrit les nœuds d'un auguste hyménée.
» Se pourrait-il que Junon succombât ?
» Ce doute seul va tacher ma mémoire ;
» C'est encor peu, trop peu de la victoire,
» Pour effacer la honte du combat.
» A mes honneurs tu n'ajouteras guère ;
» Mais ce grand jour te distingue à jamais :
» Mérite enfin ta gloire et mes bienfaits ;
» Par mon pouvoir juge de ton salaire. »
    Ces derniers mots à peine prononcés,
Le belveder, comme un léger nuage,

A disparu ; ses murs sont remplacés
Par une voûte , orgueilleux assemblage
De cent trésors avec choix entassés.
Le diamant et la douce argentine ,
L'ardent rubis , le saphir orgueilleux ,
Tous ces brillans , fossiles précieux ,
D'autres encor de céleste origine
Et réservés pour le palais des dieux ,
Artistement façonnés en étoiles ,
Sous cette voûte où se peignent les cieux ,
Feraient pâlir ces astres radieux
Qui de la nuit percent les sombres voiles.
De lames d'or le sol est parqueté ,
Le pur argent s'arrondit en colonnes ,
Et des bandeaux , des sceptres , des couronnes ,
Brillent sans ordre , épars à son côté.
« Vois ces trésors, ils sont en ta puissance ;
» Vois ce palais , tu pourras l'habiter :
» Si c'est trop peu , choisis ta récompense ;
» Songe du moins que tu vas mériter
» Toute ma haine ou ma reconnaissance :
» Oui , mon orgueil , que tu dois respecter ,

» Près du salaire a placé la vengeance.

» Au fier Hector le trône doit échoir :

» Dis un seul mot, et, malgré sa naissance,

» Je l'en écarte, et je t'y fais asseoir ;

» Et tes Troyens, au sein de l'opulence,

» D'un pôle à l'autre étendront ton pouvoir.

» Mais si par toi je me vois dédaignée,

» Vois par quels coups je saurai te punir :

» Jeune mortel, apprends ta destinée,

» Sois avec moi témoin de l'avenir.

» Sujet oisif sous la loi paternelle,

» Bientôt errant de climats en climats,

» Tu vas montrer tes frivoles appas,

» Et promener ton hommage infidèle.

» Un prince ami t'accueille avec bonté,

» T'ouvre à la fois ses trésors et son ame :

» Trompant les dieux que ta bouche réclame,

» La foi, l'hymen et l'hospitalité,

» Vil séducteur, tu lui ravis sa femme.

» Crains le courroux que tu viens d'allumer :

» Neptune en vain, pour toi prompt à s'armer,

» Pousse ta nef triomphante et légère ;

» Tu cours à Troie, et ta flamme adultère

» Est le flambeau qui la doit consumer.

» Vingt rois ligués que la vengeance anime

» Cherchent Pergame avec mille vaisseaux ;

» Le sang troyen doit expier ton crime,

» Le sang troyen déja coule à grands flots.

» Je vois le Xanthe entraînant dans sa course

» Des chars brisés, des coursiers écumans ;

» Le Simois refoulé vers sa source

» Par des monceaux de cadavres fumans.

» La fille en pleurs te redemande un père,

» La mère un fils, et la veuve un époux ;

» Et, sous l'acier d'un rival sanguinaire,

» Ton frère Hector, objet de mon courroux,

» Tombe sans vie en détestant son frère.

» Par son trépas son féroce vainqueur

» N'assouvit point sa rage meurtrière ;

» Autour des murs sauvés par sa valeur

» Je vois Hector traîné dans la poussière.

   » Mais c'en est fait ; Pyrrhus, en t'immolant,

» Venge à la fois ta patrie et la Grèce.

» Et ne crois pas que ton corps tout sanglant

» Soit arrosé des pleurs de ta maîtresse ;

» Dans les enfers ton ame en s'envolant

» N'emportera que des cris d'alégresse.

» On croit déja que les dieux, outragés,

» Par ton trépas annoncent leur clémence ;

» Ton père même, épuisé, sans défense,

» Pleurant ses fils pour toi seul égorgés,

» Bénit ta mort et maudit ta naissance.

» Tout est vengé, mais Junon ne l'est pas ;

» Tu ne vis plus, ton crime vit encore ;

» Priam enfin n'attend que le trépas

» Dans son palais que la flamme dévore.

» Du sang d'un fils encore ensanglanté,

» Bientôt le sien rejaillit sur sa fille.

» Priam n'est plus ; et sa triste famille

» Traîne ses jours dans la captivité.

   » Rassure-toi, mortel, ta crainte est vaine.

» Que je triomphe, et la gloire à ce prix

» De tes longs jours embellira la chaîne ;

» Junon le jure, et sans doute Páris

» Va préférer mes bienfaits à ma haine.

» Parle, réponds, que veut ta vanité ?

» De l'or ? C'est peu, dit-il avec fierté. ---

» Eh bien ! Páris, joins-y le diadème. ---

» Non, je veux plus. --- Soit, l'immortalité. ---

» C'est encor peu.-C'est peu! quoi donc?-Vous même,

» Vous . . . . Pardonnez, souveraine des cieux :

» Votre destin, c'est de charmer les dieux ;

» Vous adorer, sans doute, c'est le nôtre.

» Punirez-vous un amour orgueilleux ?

» Vous l'inspirez, et mon crime . . . . est le vôtre. --

» Qu'ai-je entendu ! Quoi ! Páris à Junon !

» Sans la pitié qui suspend ma justice,

» J'aurais déja, par un nouveau supplice,

» Puni l'orgueil d'un nouvel Ixion.

» Mon cœur dédaigne une pudeur austère ;

» Indépendant, il eût bravé sa loi :

» Si pour les dieux je fus toujours sévère,

» C'est qu'aucun dieu ne fut digne de moi ;

» Jupiter seul eut le droit de me plaire.

» Juge combien cet aveu téméraire,

» Vain dans l'Olympe, est coupable en ce lieu :

» Songe aux moyens d'appaiser ma colère,

» Il n'en est qu'un. Oui, tu m'entends : adieu. »

Un prompt départ succède à la menace ,
Et le palais au prince destiné
Fuit avec elle : interdit, étonné,
De son enceinte il cherche en vain la trace ;
Tel un enfant qu'un songe a couronné
Cherche au réveil son trône qui s'efface.

Le beau Troyen , de surprise enivré,
Admire encor cet étrange spectacle ;
Pallas approche, et d'un nouveau miracle
Frappe le prince à peine rassuré.
Chargé par-tout d'ornemens symboliques ,
Et prolongeant son dôme ambitieux
Au haut des airs , un temple radieux
Ouvre à Pâris ses superbes portiques :
Vaste palais , dont les voûtes magiques
Enfermeraient tout le palais des dieux.
Pour enchanter ses yeux et ses oreilles ,
Ici Minerve étale à ses regards
Les demi-dieux dont les doctes merveilles
Doivent orner le temple des beaux-arts.
Chaque génie , admis en cet asyle ,
Paie un tribut au prince observateur :

De Phidias le ciseau créateur

Touche la pierre, et la pierre docile

Se change en nymphe, enflamme son auteur :

Déja la voix du luth tendre et sonore

Vient d'animer ses flexibles appas ;

A la cadence elle asservit ses pas,

Glisse ou voltige, et voilà Terpsichore.

Mais la trompette interrompt ces concerts :

Homère chante ; on se tait, et la Gloire

Pare son front de lauriers toujours verds ;

La Renommée annonce sa victoire,

Et cette voix retentit dans les airs :

Chantre sublime, il vivra dans l'histoire

Égal aux dieux célébrés par ses vers.

D'éclairs pressés ici l'air étincelle ;

Le roi des cieux, de ses foudres armé,

Tonne . . . . Le prince interdit, alarmé . . . .

Rassure-toi : ce nuage enflammé,

Ce dieu tonnant, c'est l'ouvrage d'Apelle.

Plus loin Linus enchante ses rivaux,

Au marbre même il a donné la vie ;

Et tout-à-coup, à ses accords nouveaux,

Un mur s'élève, enfant de l'harmonie :
Son doigt léger, rapide, semillant,
Touche sa lyre ; et la pierre élancée
S'enlève au gré d'un rhythme sautillant,
Monte en cadence, et retombe enchâssée.
Ce doux prestige à peine évanoui
Est remplacé par un nouveau prestige ;
Paris observe, et son œil ébloui
Erre toujours de prodige en prodige.
« Oui, dit Pallas, je règne en ce palais ;
» Reine des arts, j'y peux donner un trône :
» Viens, jeune prince, adopter mes sujets ;
» Viens, dès ce jour, partager ma couronne.
» Mais, ô mortel, si tu veux l'obtenir,
» Vois à quel prix j'ai mis ma bienfaisance :
» Nue à tes yeux, ô cruel souvenir !
» Ici Minerve a bravé la décence ;
» Ah ! que du moins un éternel silence
» Cache ma honte aux siècles à venir.
» Quant à la pomme, où j'ai droit de prétendre,
» Nos seuls appas doivent la disputer :
» J'attends le prix, je veux le mériter,

» Et ne viens point te forcer à le vendre.

» Qu'ai-je besoin d'exalter mes bienfaits,

» De t'annoncer une gloire immortelle ?

» Si tu ne dois juger que nos attraits,

» Pour mieux parler, en serai-je plus belle ?

» Eh ! penses-tu, s'il fallait en ce jour

» Par des présens acheter ton suffrage,

» Que Junon même, ou la mère d'Amour,

» Pourrait t'offrir un plus riche apanage ?

» Junon sans moi peut donner des états :

» Mais, tu le sais, je préside aux combats ;

» Je puis d'un mot renverser son ouvrage,

» J'arme souvent un conquérant sauvage ;

» Pour châtier d'insolens potentats.

» Oui, de leurs rangs vainement elle ordonne :

» Sans moi son bras est un bien frêle appui ;

» Je peux ravir les sceptres qu'elle donne ;

» Et si Junon te couronne aujourd'hui,

» Pallas demain peut briser ta couronne.

» Mais de mes dons le plus digne d'un roi,

» C'est la sagesse : ô prince, elle est à toi;

» Qu'elle te guide au temple de Mémoire.

» Le conquérant qui n'entend point sa voix
» Combat toujours et sans fruit et sans gloire ;
» L'homme imprudent peut vaincre quelquefois,
» Le sage seul jouit de la victoire. »
A ce discours de grands mots hérissé,
Il croit ouïr une langue étrangère,
Et sent déja son cœur vuide et glacé.
Étrange effet ! cet amour téméraire,
Qu'on vit braver menace, orgueil, prière,
Par la morale est soudain terrassé.
Il laisse en paix cette froide sagesse,
Et le dégoût succède à son ardeur :
Plus de desir, plus d'aveu ; la déesse,
Grace à l'ennui, garantit sa pudeur.

    Pâris est triste, elle le croit plus sage ;
Et présageant qu'un retour de vertu
De ses attraits va consommer l'ouvrage,
Elle s'échappe : il demeure abattu,
Mais le dépit ranime son courage.
« Vénus encor peut aimer en ce jour ;
» Vénus, dit-il, est la mère d'Amour. »
Ce doux penser nourrit sa rêverie :

Plus confiant, il repousse l'ennui,
Et, sans la voir, foulant l'herbe fleurie,
Suit un chemin qui s'ouvre devant lui.
D'un air distrait tandis qu'il se promène,
Un chœur d'oiseaux frappe, éveille ses sens;
Du milieu d'eux, invisible Sirène,
Une déesse applaudit leurs accens,
Et de ces mots fait retentir la plaine :

« Jeunes cœurs, laissez-vous charmer ;
» L'Amour vous invite à le suivre :
» Aimer, c'est commencer à vivre ;
» On meurt quand on cesse d'aimer.

» Les noirs chagrins entourent la richesse ;
» Le sombre ennui siège avec la sagesse.

» Jeunes cœurs, laissez-vous charmer;
» L'Amour vous invite à le suivre :
» Aimer, c'est commencer à vivre ;
» On meurt quand on cesse d'aimer. »

La volupté dans son ame se glisse :
Eh ! quel est donc ce magique séjour ?

Ses yeux sereins errent avec délice
Sur un jardin, ouvrage de l'Amour.
Tous les trésors dont ce bosquet abonde
Sont par ce dieu créés et reproduits :
Sa flamme errante est la sève féconde
Qui régénère et les fleurs et les fruits.
L'Amour heureux, ainsi que la verdure,
N'est point flétri par le souffle du Temps ;
Jamais l'hiver n'y frappe la Nature,
L'ennui jamais n'y poursuit les amans.

Déja Pâris voit un essaim volage
D'enfans ailés, conduits par les desirs,
Se disperser, et d'ombrage en ombrage
Donner par-tout le signal des plaisirs.
Armé d'un arc, sentinelle sévère,
L'un deux, placé près d'un riant berceau,
Défend l'entrée à la Pudeur austère ;
Modeste Amour, l'autre de son bandeau
Couvre un amant surpris sur la fougère.
Du haut d'un pin, plongeant un œil secret
Dans l'épaisseur d'une haute bruyère,
Le plus malin, spectateur indiscret,

Compte ses doigts, et sourit à son frère.

Mais tout-à-coup un cri se fait ouïr,

Pâris se trouble.... O prince, oses-tu croire

Que dans ces lieux la beauté peut gémir ?

Ce cri plaintif est un cri de victoire,

Et la douleur annonce le plaisir.

Vois s'élancer cette nymphe ingénue,

Surprise au bain ; honteuse d'être nue,

Elle veut fuir : l'amant vole à son tour,

Sous les berceaux la poursuit, ou la guette :

La belle enfin, après un long détour,

Tombe, et l'amant croit devoir sa défaite

A la faiblesse, il la doit à l'Amour.

Une autre amante, encor simple et timide,

Croit demeurer cachée au fond des eaux.

Vaine espérance ! élancé dans les flots,

L'amant la suit, perce le voile humide,

Et le plaisir agite les roseaux.

Que de refus vaincus par des promesses,

D'accens plaintifs, de cris voluptueux,

D'ardens baisers et de tendres caresses,

Font retentir ces bosquets amoureux !

« De quelle ardeur mon ame est enivrée !

» Suis-je , dit-il , aux jardins de Paphos ?

» Est-ce un prestige ? est-ce un songe » ? A ces mots,
Un char rapide amène Cythérée.

    « Oui , dans Paphos te voilà transporté.

» A tes regards d'autres ont pu , dit-elle ,

» Faire briller les arts , la royauté :

» Mais moi, Vénus, mais moi, faible immortelle,

» Qu'ai-je à promettre, et qu'ai-je mérité ?

» J'ai des attraits ; mais si l'on n'est que belle ,

» Doit-on prétendre au prix de la beauté ?

» A Cythérée un gazon sert de trône ;

» Des nœuds de fleurs forment seuls ma couronne.

» D'heureux amans qu'enchaîne le plaisir

» Sont les sujets que le Destin me donne.

» J'ai pour sagesse , hélas ! l'art de jouir.

» L'orgueil ici n'a rien qui l'intéresse ,

» Prince : ah ! sans doute il vaudrait mieux encor

» Veiller sans cesse autour d'un monceau d'or,

» Ou s'endormir au sein de la sagesse.

» Mais quoi ! tes yeux seraient-ils dessillés ?

» Ton cœur s'émeut, Páris, ton cœur me nomme.»

« C'est peu, dit-il, c'est peu d'avoir la pomme :

» Avec le prix le juge est à vos pieds.

» Je le sais trop ; ce cœur qui vous la donne

» Ne peut, sans crime, adorer vos appas :

» Mais pourriez-vous, si ma main vous couronne,

» Belle Vénus, ordonner mon trépas ?

» Ne craignez point de trahir votre gloire ;

» Eh ! qui jamais aux yeux de l'avenir

» De mon bonheur retracerait l'histoire ?

» Si mon amour allait vous attendrir,

» Pourrais-je encor survivre à ma victoire ?

» Trop faible, hélas ! je mourrais de plaisir.... »

  « Tant de faveurs, interrompt la déesse,

» Ont pu, sans crime, enfler ta vanité.

» Va, je pardonne à la témérité ;

» Mais j'attendais plus de délicatesse.

» Ah ! jouit-on d'une froide maîtresse ?

» Et voudrais-tu, si l'Amour t'a blessé,

» Que le tribut d'un cœur intéressé

» Devînt pour toi le prix de la tendresse ?

» Non : à tes vœux quand Vénus se rendrait,

» Toi-même ici tu prendrais sa réponse

» Pour un aveu dicté par l'intérêt ;

» Sur nos appas que le juge prononce ,

» L'amant bientôt entendra son arrêt. »

Des fleurs soudain effleurant la surface ,

Le char s'élance , il emporte Vénus ;

Et le Troyen , comme un songe qui passe ,.

Voit le bosquet fuir, décroître.... il n'est plus.

PÀRIS.

Moreau. Del.

L. Duval. Sc.

LE JUGEMENT
DE PÂRIS.

CHANT QUATRIÈME.

PÂRIS enfin, de prodige en prodige,
Rentre au palais bâti par ses aïeux;
Il le parcourt, et, le cherchant des yeux,
Craint d'être encor le jouet d'un prestige :
Mais, par degrés rassurant ses esprits,
Du vieux palais il traverse l'enceinte,
Vole au parterre, et, rêvant à Cypris,
Passe vingt fois de l'espoir à la crainte.

Est-il heureux ? c'est encore un secret.
Vénus a dit : « Que le juge prononce,
» L'amant bientôt entendra son arrêt ».
Mais quel est-il cet arrêt qu'elle annonce ?
Si son aveu n'irrite point Vénus,
Est-ce tendresse, ou bien coquetterie ?
Est-ce un délai, précurseur du refus ?

17

Le jeune prince , embarrassé, confus ,
Dans ses projets à chaque instant varie.
Allons , dit-il , couronner ses attraits.
Il fait un pas , et la crainte l'arrête :
Donner le prix , c'est risquer sa conquéte ;
Le refuser, c'est la perdre à jamais.
La perdre , ó ciel ! tout son courage expire.
Mais quoi ! Junon a rejeté ses vœux
Sans l'attrister ; ah ! d'où vient qu'il soupire ?
Amour le sait ; et ce dieu , qui m'inspire ,
Veut par ma voix l'apprendre à nos neveux.

Déja l'enfant qui commande aux dieux même,
Banni des cours (cet exil dure encor),
Vers les hameaux avait pris son essor,
Les préférait au sceptre , au diadême ,
Et n'y blessait qu'avec des flèches d'or.
Si quelquefois sa main faible et peu sûre
Lançait des traits à Pergame adressés,
Ces traits, dans l'air déja presque émoussés,
Tombaient sans force, et frappaient sans blessure.
Au sein des bois, égaré dans ce jour,
Il poursuivait une jeune bergère ,

Qui se flattait, toujours vive et légère,

Qu'en le fuyant on échappe à l'Amour;

L'Amour l'atteint. D'une aile moins rapide,

Le dieu vainqueur retournait au hameau :

Une beauté, près d'une onde limpide,

L'attire encor sous un prochain berceau ;

C'était Vénus. La sensible déesse

Prend son carquois, vain fardeau qui le blesse,

L'assied près d'elle : « Écoutez-moi, mon fils » ;

Sur ses genoux le flatte, le caresse,

Et, l'agaçant avec un doux souris,

Par un baiser réveille sa tendresse.

« Souffrirons-nous un si cruel mépris,

» Vous, dieu d'Amour; moi, puissante immortelle ?

» Quand les Destins désignent la plus belle,

» A votre mère on dispute le prix !

» Il faut un juge, et Jupiter le nomme ;

» Le juge observe, et ne prononce pas !

» Le croira-t-on ? Il faut, aux yeux d'un homme,

» Il faut, sans voile, offrir tous mes appas

» Pour conquérir cette fatale pomme.

» Nouveau délai, mon fils, affront nouveau :

» Le juge .... Il ose .... » Un silence modeste
A sa rougeur laisse dire le reste ;
L'Amour écoute , et rit sous son bandeau.

   « On ose tout, quand l'amour est extrême ,
» Reprit le dieu. Quel crime a-t-il commis ?
» Qu'a-t-il osé ? Prétendre à ce qu'il aime ?
» A mes sujets cet orgueil est permis ;
» Ce qu'il a fait , je l'aurais fait moi-même.
» En vous jugeant, sera-t-il condamné
» A détester un emploi qui l'honore ?
» Doit-il , nommant la beauté qu'il adore ,
» Faire un heureux , et vivre infortuné ?
» Ah ! des plaisirs soyez toujours la mère :
» J'ai vu Cypris quitter avec ardeur
» Des lits dorés pour un lit de fougère ;
» J'ai vu Cypris moins vaine , moins sévère ,
» Et bien plus sage , avec moins de pudeur.
» Rougiriez-vous d'une tendre faiblesse
» Pour un Troyen, votre juge en ce jour ?
» Lorsqu'un mortel adore une déesse ,
» L'homme s'efface , il est dieu par l'amour.
» Mais de l'amant si vous bravez les larmes ,

» Craignez le juge. Il cherchait la beauté ;

» En la trouvant, son cœur lui rend les armes.

» Eh quoi! ce prix, mérité par vos charmes,

» Le perdrez-vous par votre cruauté ?

» Ah! sur la terre, une divinité

» Peut savourer de nouvelles délices :

» Comme le ciel, elle a sa volupté.

« Eh! croyez-moi, par de tendres caprices

» Trompez l'ennui de l'immortalité. »

Il dit. Soudain, du pied frappant la terre,

Ce dieu s'enlève avec un ris malin,

D'un arc doré charge sa main légère,

Y place un trait.... Dieux! quel est son dessein?

Enfant cruel, blessera-t-il sa mère ?

Oui, c'en est fait : barbare et tendre fils,

En la blessant il veut sauver sa gloire.

Heureux effort, dont la pomme est le prix !

Par sa défaite il hâte sa victoire.

Mais le Troyen doit brûler à son tour;

Il doit chérir, adorer sa conquête.

Ce dieu s'élance, et, planant sur sa tête,

Il le remplit d'espérance et d'amour.

17.

JUGEMENT DE PARIS,

En visitant les corbeilles de Flore,
Vénus rêvait (comme on rêve en aimant) ;
De fleur en fleur , un instinct qu'elle ignore
Guide ses pas vers ceux de son amant :
Deux cœurs épris se fuiraient vainement ;
Sans le savoir ils se cherchent encore.
Va , cours, Paris ; Vénus cueille des fleurs :
Préviens ses vœux , compose une guirlande ,
Et, sans nourrir d'impuissantes douleurs ,
Porte à ses pieds tes vœux et ton offrande.
Il part, il vole. Aveugle dans son choix,
Il saisit tout ; si sa main trop hâtée
Cueille une rose, elle en effeuille trois ;
Impatient, il se trouble , et par fois
Avec la fleur la tige est emportée.
Seule irritant l'œil jaloux de Paris ,
Tu n'iras point embellir ce qu'il aime ,
Tendre anémone (1) , où respire Adonis ,
Où cet amant se survit à lui-même !
Avec ces fleurs qu'il destine à Cypris ,

(1) On sait qu'Adonis fut métamorphosé en anémone.

Impétueux, à ses pieds il s'élance.

Trop vains efforts ! elle fuit sa présence :

Son faible cœur, embarrassé, surpris,

N'est plus armé par son indifférence.

Ce cœur enfin, que l'Amour a charmé,

Moins orgueilleux, redoute sa faiblesse ;

L'heureux mortel, objet de sa tendresse,

Serait moins craint s'il était moins aimé.

« Où fuyez-vous, insensible déesse ?

» S'écriait-il : cruelle, où fuyez-vous ?

» Si le trépas doit frapper ma jeunesse,

» Ah ! que du moins j'expire à vos genoux.

» En l'immolant plaignez votre victime

(Déja Vénus a ralenti ses pas),

« Assouvissez un courroux légitime,

» Punissez-moi, j'adore vos appas,

» Je suis coupable, et je chéris mon crime.

» Mais le respect me maîtrise à son tour ;

» Ce vain orgueil qui nourrissait ma flamme,

» Ce fol espoir, vain garant du retour,

» Le desir même est éteint dans mon ame ;

» Tout m'abandonne, hélas ! hors mon amour

» Mais cet amour se condamne au silence :
» J'en jure ici par le dieu que j'encense ,
» Par votre fils ; votre amant satisfait
» Veut dans son cœur trouver sa jouissance :
» Ah ! vous aimer , c'est jouir en effet. »
 Vénus s'arrête , il se rend auprès d'elle.
Fier conquérant à la cour paternelle ,
Paris bravait l'orgueil de la beauté ;
Timide amant , son œil déconcerté
Craint aujourd'hui de fixer une belle ,
Et l'enhardit par sa timidité.
Elle s'assied sur un lit de verdure ;
D'abord plus bas modestement placé ,
Paris bientôt s'approche , se rassure ,
Et , peu fidèle au serment prononcé ,
Par le desir il est déja parjure.
 L'un des oiseaux que Vénus a nourris
Vient à leurs yeux étaler son plumage ;
Prisme vivant des couleurs de l'iris ,
Vole autour d'eux , bat de l'aile , et , plus sage,
Va se poser dans le sein de Cypris.
Tout est baisé : l'oiseau tendre et folâtre

Erre par-tout roucoulant, becquetant ;
Feint d'échapper, va, revient à l'instant,
Et de sa queue épanouit l'albâtre.
Souvent de l'aile il semble, amant jaloux,
Couver le sein de la belle déesse ;
Souvent l'oiseau, baisé sur ses genoux,
De l'amant même alarme la tendresse.
Bannis l'effroi dont ton cœur est frappé,
Heureux amant, ton triomphe s'apprête :
Sous ce plumage Amour enveloppé
A tes transports vient livrer ta conquête.
Le dieu malin, usant d'un doux loisir,
Et plus hardi par sa métamorphose,
En se jouant la dispose au plaisir,
Et de son bec dans ses lèvres de rose
Fait circuler tous les feux du desir.
Soudain Vénus s'attendrit et soupire :
Son œil, déja de plaisir enivré,
Cherche le prince, et l'enflamme, et l'attire ;
Páris se trouble, et son cœur pénétré
Demeure en proie aux flammes du délire.
Des deux amans le rang est confondu ;

Plus de barrière entre le ciel et l'homme :
Un frais nuage, autour d'eux étendu,
D'un or fluide a déja fait un dôme,
Et cet arrêt dans l'air est entendu :
« Pâris triomphe, et Vénus a la pomme. »
L'écho frappé répond à cette voix :
Tous les Amours, invités par leur frère,
Volent sur l'heure, et vuident son carquois ;
Cent traits de feu, décochés à la fois,
En se croisant traversent l'hémisphère.
Tel, quand l'hymen par nos vœux réclamé
Brûle nos rois de ses flammes fécondes,
Des mains de l'art le salpêtre allumé,
Se divisant en flèches vagabondes,
Vole, et des cieux fend l'azur enflammé.
Vénus jouit, tout ressent son ivresse :
Sous ses glaçons la tremblante vieillesse
Retrouve encor la chaleur du printemps ;
Un feu précoce enhardit la jeunesse,
Et les époux ressemblent aux amans.

Pâris renaît au sein de sa maîtresse :
Mais le bonheur dont ce prince a joui

S'est, à son gré, trop tôt évanoui ;

Il veut sentir, prolonger son ivresse.

Contre son sein, de ses bras amoureux,

Il presse encor le sein de son amante ;

Brûlans soupirs, accens voluptueux,

Percent la nue autour d'eux vacillante,

Et de Vénus l'haleine caressante

En s'exhalant va parfumer les cieux.

De ses baisers il couvre l'immortelle :

Rien n'est voilé, tout l'invite à jouir.

Triste Pudeur, sans toi Vénus est belle,

Sans toi Vénus rallume le desir.

« Ciel, dit Pâris dans l'extase suprème,

» Amour ! Vénus ! doux moment.... sort cruel !

» Que n'ai-je, ô dieux !...que ne suis-je immortel !

» Mais je le suis, je suis un dieu moi-mème. »

Pâris se trompe : à regret appaisé,

Il sent bientôt une douce impuissance ;

Calme propice, où le cœur reposé

Jouit encore après la jouissance.

Quand le plaisir quitte vos sens flétris,

Mortels blasés, votre amour s'évapore ;

Le desir reste aux amans bien épris,
Et le desir est un plaisir encore.

 « Au belveder je vole sur vos pas :
» Là, dit Páris, j'irai bientôt moi-même
» Braver Junon, humilier Pallas ;
» Là, votre amant, par un arrêt suprême,
» Doit couronner et venger vos appas.
» Dans tous les lieux que notre globe enserre,
» Qu'*à la plus belle* on dresse des autels ;
» Allez régner au séjour du tonnerre :
» Les immortels commandent à la terre,
» Mais la beauté commande aux immortels. »

 Il dit. La nue et s'entr'ouvre et s'exhale :
On se sépare ; ils marchent au palais ;
L'instant marqué s'envole, et leurs délais
Ont fait déja trembler chaque rivale.
Vénus arrive ; et le prince attendu,
Ivre à la fois d'orgueil et de tendresse,
Rentre, sourit à sa belle maîtresse,
Et ce sourire est un arrêt rendu :

 « Dieux immortels, si, par la voix d'un homme,
» Le sort, dit-il, doit décerner le prix ;

» Dieux , écoutez : la pomme est à Cypris ,

« » Si la beauté doit emporter la pomme. »

   Il dit à peine , et le prix est donné.

Junon , l'œil morne et le front consterné ,

Frémit , menace , et tonne en souveraine :

Pallas se tait ; elle va , moins hautaine ,

Dans son palais au deuil abandonné

Cacher sa honte et fomenter sa haine.

Mais d'un coup d'œil la mère des Amours

Rend à Paris l'espoir et l'alégresse ;

Elle a juré de défendre ses jours ,

Le dieu du Styx garantit sa promesse :

« J'obtiens le prix des mains de mon vainqueur ;

» Et ce bienfait vivra dans ma mémoire.

» Ah ! qu'il m'est doux, en un jour si flatteur,

» Que mon amant soit l'auteur de ma gloire !

» Crois-moi ; Vénus, qui te doit la victoire ,

» Même à la pomme eût préféré ton cœur. »

   Elle s'élance aux voûtes éternelles ,

Trace dans l'air un sillon radieux ;

L'Olympe s'ouvre, elle y rentre, et les dieux

Rendent hommage à la reine des belles.

FIN.

18

OUVRAGES

QUI SE TROUVENT

CHEZ CHAIGNIEAU AINÉ,

Rue de Chartres, N°. 343.

Œuvres de Pope, traduites en français, le texte vis-à-vis la traduction, 8 volumes *in-8°*, ornés de figures, papier vélin satiné, broché en carton, ... 84 liv.

Idem, papier fin, br. en cart. . . . . . . 65 liv.

Idem, papier ordinaire, br. en cart. . . . 40 liv.

Œuvres complètes de Grécourt, enrichies de gravures, 4 vol. *in-8°*, papier vélin, br. en carton. 72

Idem, papier fin, br. en carton. 36

Voyages de Chapelle et Bachaumont, 2 vol. *in-18*, ornés de 20 figures, papier vélin satiné, br. en cart. . . . . , ... 21 liv.

Idem, avec les eaux fortes, br. en carton. 30 liv.

Idem, papier fin, br. en cart. . . . . 12 liv.

De la Sagesse, par *Charron*, 2 v. *in-12*, ornés de figures, papier vélin satiné, broché en carton. . . . . 21 liv.

Idem, papier fin, br. en carton. . . . . . . 9 liv.

Conjuration des Espagnols contre Venise , par
l'abbé *de Saint-Réal*, 1 vol. *in-*18, papier
vélin satiné, broché en carton. . . . . . 9 liv.

Idem, papier fin, br. en cart. . . . . . . 3 liv.

Conjuration de Rienzi, par le P. *du Cerceau*,
3 vol. *in-*18. papier vélin', br. en cart. . 18 liv.

Idem, papier fin, br. en cart. . . . . . . 9 liv.

Narcisse dans l'isle de Vénus, poème en quatre
chants, par *Malfilatre*, et le Jugement de Pâris,
poème aussi en quatre chants, par *Imbert*, for-
mant ensemble un volume *in-*18 , orné de dix
figures, papier vélin, broché en cart. . 6 liv.

Idem, papier fin , broché en cart. . . . 12 liv.

Élémens du Commerce, par *Forbonnais*, 2 vol.
*in-*12 , br. . . . . 3 liv.

Le Voyageur à Paris, par *M. de la Mésangère*,
3 vol. *in-*18, br. . . . . 3 liv.

Le Magasin des Enfans, par madame *le Prince
de Beaumont*, 3 v. *in-*18, br. . . . . . . 3 liv.

Coralie, ou le Danger de se fier à soi-même,
par madame de C * * *, 2 volumes *in-*18,
brochés. . . . . 1 liv 10 f.